JOÃO CABRAL: A MÁQUINA DO POEMA

JOÃO CABRAL:
A MÁQUINA DO POEMA

Benedito Nunes

Organização e Prefácio:
Adalberto Müller

Coleção Letras & Idéias

EDITORA
UnB

Equipe editorial
Rejane de Meneses · *Supervisão editorial*
Sonja Cavalcanti · *Acompanhamento editorial*
Elizabeth Araújo e Danúzia Maria Queiroz Gama · *Preparação de originais*
Yana Palankof · *Revisão*
Projeto gráfico desenvolvido pela aluna Marina Camargo Guimarães na disciplina Análise Gráfica 2, com o professor Rafael Dietzsch
Raimunda Dias · *Editoração eletrônica*
Márcio Duarte · *Capa*
Elmano R. Pinheiro · *Acompanhamento gráfico*

Impresso no Brasil

Direitos exclusivos para esta edição:
Editora Universidade de Brasília
SCS Q. 2 – Bloco C – nº 78 – Ed. OK – 1º andar
70302-907 – Brasília-DF
Tel: (61) 3035-4211
Fax: (61) 3035-4223
www.editora.unb.br
www. livrariauniversidade.unb.br
e-mail: direcao@editora.unb.br

Ficha catalográfica elaborada pela
Biblioteca Central da Universidade de Brasília

M528.yn

Nunes, Benedito
João Cabral: a máquina do poema / Benedito Nunes; organização e prefácio [de] Adalberto Müller. – Brasília : Editora Universidade de Brasília, 2007.
174 p. (Coleção Letras & Idéias)

ISBN: 978-85-230-0943-4

1. Literatura brasileira – crítica. 2. João Cabral de Melo Neto. 3. Poesia brasileira. I. Müller, Adalberto. II. Título.

CDU 821.134.3(81)

SUMÁRIO

AGRADECIMENTOS

A Benedito Nunes, pela atenção que deu a este trabalho desde o início. A Henryk Siewierski, pela pronta compreensão que teve da importância da publicação deste livro. Aos meus alunos Thiago Adjuto, Luís Ladeira, Ciro Inácio Marcondes, Eudes Francisco, Mariana Nepomuceno e Daniela Alves, pela colaboração na preparação dos textos e na revisão.

O Organizador.

BENEDITO NUNES E JOÃO CABRAL: UM DIÁLOGO ENTRE POESIA E CRÍTICA

Adalberto Müller

Neste livro, reúne-se pela primeira vez o conjunto da produção ensaística de Benedito Nunes em torno da obra do poeta pernambucano João Cabral de Melo Neto. O projeto inicial desta edição girava em torno da republicação de um estudo de Benedito Nunes que há muito está fora de circulação, o livro *João Cabral de Melo Neto*, publicado pela Editora Vozes em 1971, na coleção Poetas Modernos do Brasil, dirigida por Affonso Ávila. Mas o projeto logo se ampliou com a inclusão de dois outros estudos de Benedito Nunes sobre João Cabral: o artigo "João Cabral: filosofia e poesia", publicado em Portugal, na revista portuguesa *Colóquio Letras*, em número dedicado à obra do poeta pernambucano, e o ensaio, inédito até agora, "A geração de 45 e João Cabral".[1]

Os textos de Benedito Nunes sobre João Cabral constituem, cada um a seu modo, momentos decisivos na fortuna crítica do poeta pernambucano, ao passo que nos ajudam a compreender melhor a envergadura e a riqueza da obra do crítico paraense. O estudo monográfico de 1971 é um dos pilares das primeiras grandes leituras sistemáticas da obra de João Cabral, juntamente com os textos de Lauro Escorel, José Guilherme Merquior e Luís Costa Lima.[2] Munido de vasta leitura teórica e literária e de um conhecimento aguçado da literatura brasileira produzida a partir dos anos 1950 (sobretudo de Clarice Lispector e Guimarães Rosa, ambos contemporâneos de Cabral), Benedito Nunes lê o conjunto da obra do poeta (até a publicação das *Poesias completas* pela editora Sabiá, em 1968) sob uma clave filosófica, com a qual concilia elementos do *new criticism*, do melhor estruturalismo e da fenomenologia.

Ao acompanhar atentamente a evolução da obra do poeta desde o livro de estréia (*Pedra do sono*) até *A educação pela pedra*, Benedito Nunes observa a gestação de um projeto

1. Inicialmente, esta reunião incluiria o texto "A máquina do poema", publicado no Suplemento Literário de *O Estado de S. Paulo*, em 3/12/1966, e retomado no volume *O dorso do tigre* (Perspectiva, 1969). Por motivos contratuais, tal ensaio não pôde ser aqui incluído, mas suas linhas mestras estão descritas neste prefácio.

2. Entre as obras citadas por Benedito Nunes no livro de 1971, estão: de Luís Costa Lima, *Lira e antilira (Mário, Drummond, Cabral)*, 1968; de José Guilherme Merquior, *Razão do poema*, 1965. Benedito Nunes também cita o ensaio, ainda mimeografado, "Nuvem civil sonhada", de Merquior.

exemplar na poesia de língua portuguesa, projeto marcado por uma absoluta, e até exacerbada, consciência dos mecanismos da linguagem poética, passando por uma negação do poético (que coincide com o que B. Nunes chama acertadamente de "desagregação da metáfora") em benefício de uma observação aguda dos problemas sociais mais graves do Brasil. Essa polaridade entre o metalingüístico e o social, entre o "cerebral" e o "participante", que o próprio Cabral tensionou com o título *Duas águas*, tem levado ainda hoje a uma interpretação inexata da obra do poeta, interpretação essa já condenada por Benedito Nunes: "O primeiro equívoco é considerar os dois tipos de dicção como espécies distintas de poesia, uma fácil e outra difícil, uma acessível e penetrável, outra requintada e superelaborada" (p. 59).

Benedito Nunes demonstra lucidamente que um livro como *O cão sem plumas* contém ao mesmo tempo os elementos de "temas sociais" e de "metapoesia", de "participação" e "lógica composicional". As "duas águas" deveriam ser assim encaradas como duas faces de uma mesma poesia. Isso não impede que se trace uma diferença, da qual o crítico não se esquiva:

> É precisamente sob o aspecto da comunicação... que a diferença... pode ser estabelecida. Não é a quantidade de informação nem as qualidades formativas da poesia que estão em jogo na "segunda água", mas o aumento do volume e da área da sua comunicabilidade. Temos assim, em vez de duas espécies de poesia, dois tipos de dicção que se distinguem em função do destinatário e da modalidade de consumo do texto (p. 61).

Um salto, sem dúvida, este que aqui se deu, para além do estruturalismo um tanto quanto obtuso que a crítica brasileira, com raras exceções, praticava. Mas também um salto para além da crítica ideológica mais tacanha, que queria ressaltar na obra de Cabral a importância do aspecto "participante", ignorando a "água" menos comunicativa, quando não a tachava simplesmente de hermética ou alienada.

A verdade é que poucos estudos sobre João Cabral, até meados dos anos 1990, iriam além das considerações de Benedito Nunes, e muitas das anotações do crítico paraense serviriam de motivo para estudos posteriores ao seu. A matriz de um estudo como o de João Alexandre Barbosa (*A imitação da forma*) pode ser subsumida numa observação de Benedito Nunes sobre a utilização de metros populares por João Cabral: "A aproximação é mimética, não apenas no sentido da retomada de uma fórmula, mas também porque o autor como que adota o ponto de vista, a *mimese* inerente à forma" (153). A ênfase numa "poesia com coisas", de caráter fenomenológico, que viria a ser a preocupação de um estudo como o de Marta Peixoto, já está bem delineada nas páginas em que Benedito Nunes analisa o livro *A educação pela pedra*. A compreensão que tem, como filósofo que é, da fenomenologia husserliana, dá à análise de Benedito Nunes um peso conceitual raro em nossa crítica literária. Se não, vejamos a análise memorável que ele faz de um poema como "O relógio":

> Toda uma visão da realidade está implicada tanto pela morfologia do sensível como pela transferência das coisas a cadeias verbais distintas, que permitem apreendê-las de modo diferente, sob várias imagens, na arquitetura prismática do poema. A realidade, de onde o invisível foi suprimido, é plural, multicêntrica e escalonada. Mas se o invisível foi suprimido, o visível escalona-se, no entanto, em diversos níveis de abstração e concretude, a que se estendem as formas intercambiantes das coisas, unidas sem confundir-se, como os fios de uma teia em crescimento de que fazem parte os objetos sensíveis com suas essências materiais. Nesse mundo de João Cabral não há nem transcendência nem imanência. São as relações de equivalência, de inclusividade, de complementaridade, de oposição, que situam os objetos numa teia verbal que se rompe em determinados pontos para se refazer adiante, a partir de um novo centro. O centro do qual a teia reparte, de cada vez, nada tem de substancial. É um objeto qualquer, como origem de uma série, como elemento de um conjunto, membro por sua vez de outro conjunto maior. Trata-se de um mundo mais lógico que cosmológico, e mais fenomenológico que lógico. A percepção dirige-se aos objetos sem esgotá-los. Sem atingir-lhes o núcleo, sempre referido como limite ideal da apreensão perceptiva, explora-os do ângulo específico de cada sentido (cf. p. 93-94).

Enfim, ao longo do ensaio, Benedito Nunes não deixa de colocar em pauta discussões que giravam em torno da obra de Cabral, como a da sua ligação intelectual com os integrantes do grupo dos poetas concretistas, que o viam como um dos que sinalizavam com o "fim da poesia discursiva e do verso", idéia com a qual Benedito Nunes estava longe de concordar, como se lê em alguns trechos do livro de 1971. Como grande leitor que é, Benedito Nunes também não deixa de destacar algumas das influências decisivas no pensamento de Cabral, como Valéry, Le Corbusier e Joaquim Cardozo; num capítulo interessantíssimo, adiantando em alguns anos a voga da literatura comparada, estuda a relação da obra de Cabral com a de Francis Ponge e com a do pintor catalão Joan Miró (mais uma vez daria a dica para outro estudo, desta vez o ótimo trabalho de Aguinaldo José Gonçalves, *Transição e permanência: Miró/Cabral*, de 1989).

O ensaio "A máquina do poema", publicado cinco anos antes do estudo monográfico, desenvolve um tema capital para a crítica cabralina, tema que seria retomado naquele estudo de 1971: a questão do humor na poesia de Cabral. É justamente ao tentar compreender o sentido do humor do poeta que o crítico escapa das malhas impostas pela questão do "cerebralismo" da estética cabralina.[3] Logo no início do ensaio Benedito Nunes já adverte que em *A educação pela pedra:*

> [o] rigor da expressão, o esquematismo do conjunto, a impressionante lógica da sintaxe são sustentados pela atitude objetivista do poeta, que reflete, calcula, explica e conclui, em versos severos, escritos num ritmo que é novo na poesia de João Cabral de Melo Neto, e do qual decorrem alguns efeitos, responsáveis por essas gradações de humor, ora sarcástico, ora grotesco, de que o seu livro está cheio (p. 266).

Assim sendo, o crítico acompanha essas gradações e vai tecendo relações entre a lógica da composição inerente à "máquina do poema" e à atitude satírica do poeta:

> [...] com o seu humor avesso à galhofa, acre, contundente, sarcástico, [o autor] desvenda o âmago risível de situações e exibe o resíduo inumano, a essência cruel da existência, o grotesco e o absurdo das coisas. O humor requer senso de objetividade nos julgamentos. Mantido por uma aparência de indiferentismo diante do que se analisa e expressa, a minúcia e a precisão ajudam a reforçá-lo. Esse indiferentismo no revolvimento das coisas, no descrever os seus avessos e enfatizar os seus contrastes, assinalado por Bergson em *Le rire*, tem, como bem viu o nosso João Ribeiro, um fundo sentimental, que a "evidência obtida pela aniquilação" neutraliza intelectualmente. O humor de João Cabral conhece todas as asperezas da sinceridade intelectual. Passando pelo grotesco, que lhe dá a tônica para a impiedade da sátira, chega ele a proporcionar-nos aquele extremo da amargura virulenta de Swift, que o absurdo instiga, e à luz do qual tudo se torna sério e risível ao mesmo tempo (p. 272).

3. Sobre a influência que o próprio poeta impõe a seus críticos, cf. o ensaio de Alcides Villaça, "Expansão e limite na poesia de João Cabral", em BOSI, Alfredo (Org.). *Leitura de poesia*. Ática, 1996.

Ao destacar a função ao mesmo tempo temática e expressiva do humor na poesia de João Cabral, mais uma vez o crítico foge dos reducionismos da *close reading*, e o faz exatamente por que sua mirada visa a um ponto aquém e além do texto, um ponto em que se deve estar à escuta da linguagem. Desse modo, muitas das observações que Benedito Nunes faz sobre a poesia de João Cabral transcendem a mera leitura e impõem-se como modos de pensar a literatura e, conseqüentemente, a linguagem. A crítica aqui não se afasta muito do ideal de uma filosofia, filosofia que não está distante da poesia, coisa que o leitor poderá constatar nos dois parágrafos finais desse ensaio de Benedito Nunes:

> Oposições e equivalências, esvaziamento e acréscimo, movimentos internos da poesia de *A educação pela pedra* configuram os acordos e os desacordos, os antagonismos e os nexos do mundo e da vida. Nesse livro, cada poema é um mundo verbal completo, denso, que se enrola sobre si mesmo, mas para desenrolar sobre o real, num desmentido à tese de intransitividade da linguagem poética, a teia dos significados que o iluminam.
>
> Cosmo onde as palavras, como objetos de primeiro plano, são diretamente intencionadas, a linguagem poética não obstrui, com o seu mundo próprio, a passagem para o das coisas e relações humanas. Apenas sucede que, reativando o poder originário da linguagem, que é o de criar, com os nomes e suas relações, as primeiras coisas e os primeiros nexos significativos entre elas, a poesia não se liga ao conjunto da realidade já feita e já constituída, que o romance, por exemplo, tem por função analisar e interpretar. A passagem se efetua, acima ou abaixo da realidade constituída, no domínio dos possíveis modos de ser que a linguagem poética entreabre, e que permitem visioná-la como um conjunto de ilimitadas possibilidades, algumas das quais ficam em suspenso no universo imaginário do poema. Em *A educação pela pedra*, de João Cabral de Melo Neto, esse universo imaginário, que nasce da máquina poética, do *ensemble* da composição, é, na sua impressionante transparência, homólogo ao outro, natural e humano, com o qual nos comunica (p. 274-275).

A relação entre a poesia e a filosofia, em torno da obra de Cabral, seria retomada anos depois por Benedito Nunes no ensaio "João Cabral: filosofia e poesia". A partir da primeira frase desse ensaio, o leitor já se pode situar no domínio de especulação característico de Benedito Nunes, cuja obra realiza um dos diálogos mais profícuos entre a literatura e a filosofia de que tenho notícia. Cito a frase: "Nunca são diretas e sim transversais as relações entre poesia e filosofia". Essa "transversalidade", Benedito Nunes vai buscar num mergulho nas águas profundas da linguagem, na qual a poesia é filosofia, e a filosofia, poesia.[4] O crítico retoma aqui a discussão sobre as "duas águas" da poesia cabralina, relacionando-as com o pensamento "filosófico" que se elabora nos poemas. Mas, aproximando-se das últimas produções de Cabral, Benedito Nunes desvenda o aspecto memorialístico que passa a se delinear nos últimos livros do poeta pernambucano.

Finalmente, esta edição traz o ensaio inédito "João Cabral e a Geração de 45", que tenta deslindar a velha querela da relação de Cabral com seus companheiros de geração, dos quais João Cabral iria afastar-se sobretudo no que diz respeito à concepção de poesia, mas também relativamente à consciência da função social que esta deveria exercer. Para fundamentar sua leitura, Benedito Nunes esmiúça algumas das características formais e temáticas da obra de alguns dos principais representantes da Geração de 45, não se furtando a ler com a atenção que lhe é característica alguns poemas representativos de cada autor. Por isso mesmo, o ensaio de Benedito Nunes serve tanto a uma compreensão da relação de João Cabral com seu tempo (com a história) quanto para um questionamento sobre a história da poesia brasileira do pós-guerra. Lendo este ensaio de Benedito Nunes, sentimo-nos tentados a usar as mesmas palavras que ele usou no ensaio "*Poesia e filosofia*", modificando-as, o que nos daria a seguinte sentença: nunca são diretas e sim transversais as relações entre poesia e história.

No conjunto, a leitura dos ensaios de Benedito Nunes sobre João Cabral, escritos ao longo de trinta anos, permite-nos afirmar que o crítico-filósofo nunca deixou de pensar a poesia de João Cabral. Daí que este livro, embora seja uma reunião de textos publicados de forma esparsa, pode revelar uma unidade que Benedito Nunes terá premeditado e que agora, acreditamos, se concretiza na forma de livro.

4. Estou pensando aqui neste livro seminal que é *Passagem para o poético*: filosofia e poesia em Heidegger. Ática, 1992.

❧ JOÃO CABRAL DE MELO NETO
(Da coleção Poetas modernos do Brasil)*

...com efeito, a pedra
resume unidade e dureza.
Murilo Mendes, *A idade do serrote*

A poem is a small (or large)
machine made of words.
William Carlos Williams, *The wedge*

Que se dissipou, não era poesia.
Que se partiu, cristal não era.
Carlos Drummond de Andrade, *A rosa do povo*

* Reproduzimos aqui a segunda edição da obra *João Cabral de Melo Neto*, de Benedito Nunes, publicada pela Editora Vozes em 1974, com modificações (N. do E.).

I Época, geração e trajetória

Em 1942,* quando apareceu o primeiro livro de João Cabral, o movimento surrealista, já em período de sedimentação, ainda subsistia na *ditadura da fantasia*,[1] que marcou a produção poética na fase do pós-guerra. O intelectualismo de Paul Valéry, oposto a essa ditadura, a que se liga a obra de Jorge Guillén, reunida num único livro, *Cántico*, cuja versão definitiva data de 1950, deixara de ser uma tendência à parte para tornar-se, graças à análise teórica do fenômeno poético, nos ensaios do criador de *Le cimetière marin*, ainda vivo no início dessa fase, o ingrediente eficaz da reflexão, absorvido, como um fermento crítico, à própria condição da poesia contemporânea. Os poetas surgidos entre nós às vésperas do término da Segunda Guerra Mundial, que representam a chamada Geração de 45, situam-se na encruzilhada dessas duas linhas de força.

Além de Valéry e Jorge Guillén, de García Lorca e Pablo Neruda, alguns poetas de língua inglesa, a principiar por T. S. Eliot, influenciaram essa geração, que sofreu ascendência de Rainer-Maria Rilke e foi sensibilizada pelo lirismo de Fernando Pessoa.[2] A ascendência de Rilke manifestou-se sobretudo na disposição de ânimo, favorável ao sentimento do invisível e da transcendência, que impregnou autores dessa fase, muitos deles fazendo das *Cartas a um jovem poeta* seu breviário poético espiritual. Tal como a de Rilke, a obra de Eliot difundiu-se mais largamente entre nós finda a guerra, na mesma ocasião em que o mercado intelectual europeu restabelecido exportou para o Brasil os ensaios e as novelas de Sartre e de Camus, os romances e as parábolas de Kafka e os tratados ético-religiosos de Kierkegaard. Era toda uma constelação existencial que se ajustava à idéia de poesia pura na versão extremada que lhe dera, ainda em 1920, Henri Brémond. Essa idéia voltava agora, sob o invólucro do neo-escolasticismo de Maritain, então grandemente prestigiado em conseqüência do sucesso de *O humanismo integral*.[3]

* Seguimos, ao longo do livro, as indicações de data de publicação das obras de Cabral dadas por Benedito Nunes, as quais nem sempre coincidem com a edição da *Obra completa* (Ed. Aguilar). Também mantivemos as indicações bibliográficas usadas por Benedito Nunes, uma vez que elas enriquecem a compreensão de seu método de pesquisa (N. do Org.).

1. FRIEDRICH, Hugo. *Die Struktur der modernen Lyrik* (*von Baudelaire bis zur Gegenwart*). Hamburg: Rowohlt, 1956, p. 148.
2. CANDIDO, Antonio. *Movimento geral da literatura contemporânea*: o tempo e o modo do Brasil. [s. d.], p. 86.
3. BRÉMOND, Henri. *La poésie pure*, sobretudo; de Jacques e Raïssa Maritain, *Situation de la poésie*, incluindo-se, do primeiro, *De la connaissance poétique*.

Foi Fernando Pessoa que revelou aos poetas brasileiros dessa fase, a partir de 1942, quando teve início a publicação de sua obra volumosa e póstuma, não só o lirismo moderno na literatura portuguesa, como também uma metodologia da criação literária, que substitui o princípio da sinceridade biográfica pelo princípio da sinceridade artística. Mas também data de 1942 o livro de Francis Ponge *Le parti pris des choses*, que se colocou à frente do realismo poético. Entretanto, essa tendência, com seu antilirismo, conseqüente à neutralização dos sentimentos pessoais, em função de uma poesia descritivista e objetivadora, só nos alcançaria no decênio seguinte. É já a "poesia destrutiva da poesia",[4] situada no extremo da atual crise da linguagem poética, que preparou caminho para as últimas posições vanguardistas do século XX.

No ambiente carregado de esperanças políticas que sucedeu à queda do Estado Novo, imediatamente após o fim do conflito mundial, foi a Geração de 45, a que João Cabral pertence, que abriu o processo de julgamento do Modernismo brasileiro, cujo impacto revolucionário havia cessado desde 1930. No entanto, essa geração, que surgia contestando a revolução literária de 1922, era herdeira das conquistas do próprio Modernismo, que continuava moldando a fisionomia estilística de nossa literatura. A concepção da poesia, com seus problemas, alguns intrínsecos à linguagem, outros à função do poeta na sociedade, à utilização de processos formais não de todo confinados ao verso livre, aquisições que vinham do período revolucionário, constituíam uma experiência sedimentada depois de 1930, formando já a poderosa tradição que se afirmava nas obras dos poetas de 1922, ativos nesse período a que nos referimos, e que serão as vozes mestras ainda no decênio seguinte.

O desleixo com o ritmo, o desequilíbrio na composição, o emprego de recursos fáceis e vulgares, como a piada, o trocadilho e a anedota, figuram na lista das acusações que os herdeiros do Modernismo levantaram contra a poesia sob o estímulo da qual haviam nascido. Em suma, dizia um de seus porta-vozes, essa poesia "formalmente revelou-se uma aventura sem disciplina, e, quanto ao fundo, dela não soube alijar o prosaico e o excrescente".[5]

4. PICON, Gaétan. *Panorama de la nouvelle littérature française*. N. R. F., 1959, p. 152.
5. SILVA RAMOS, Péricles Eugênio da. O neomodernismo. *Revista Brasileira de Poesia*, I, dez. 1947.

Preocupados em captar a essência poética, que podia ser encontrada "na elevação do vulgar por meio do sentimento e da expressão"[6] e no aprofundamento da realidade psíquica, foi em consonância com uma idéia nem sempre bem determinada acerca da natureza e da função da poesia, que oscilou entre a expressão dos sentimentos pessoais e a intuição de uma realidade superior, que os poetas da Geração de 45 rejeitaram os aspectos do Modernismo que lhes pareciam impuros. Inspirou-se nessa idéia a compreensão da forma como revestimento de conteúdos significativos, que era propícia, contra o verso livre, à restauração, pelo freqüente emprego dos metros tradicionais, de um passado com o qual o modernismo rompera.

Não era pois exagerado que se falasse na atitude de *reacionarismo estético*[7] da Geração de 45, adotada até por aqueles seus representantes que veicularam o anseio de revolução social, mas no gênero da mensagem de apelo ou da moção de confiança ao futuro, aceitando, portanto, as barreiras da utilização convencional da linguagem, que se coadunam com o enfoque sublimado e não revolucionário da realidade. O propósito de guindar a linguagem à altura da essência poética, que caracterizou o esforço maior dessa geração, não passou, ressalvadas as exceções que não invalidam a generalidade desse panorama, dos limites retóricos da dicção elevada, presa a um vocabulário de eleição, previamente considerado poético, em que substantivos privilegiados se uniam a adjetivos nobres. Esse esforço, quando não se confundia a essência poética afanosamente buscada com a habilidade para versejar, nem sempre exercida visando ao equilíbrio e ao domínio racional da forma, muitas vezes estiolou-se num subjetivismo enfático ou num transcendentalismo superficialmente rilkeano.

Apesar de nem terem formado um grupo coeso nem dado origem a um movimento de renovação, os poetas de 1945, que apareceram juntos na cena literária, aqui apreciados quanto às tendências comuns que os animavam, participaram dessa experiência social comum que condiciona, como situação histórica preliminar, num período determinado, as escolhas dos indivíduos componentes de uma parcela da individualidade. Nesse sentido, a palavra geração, que lhes pode ser aplicada, designa tanto o grupo de idade por eles formado quanto a

6. Ibidem.

7. O neomodernismo apresenta-se "como revolucionário em política, mas reacionário em estilo". ATHAYDE, Tristão de. O neomodernismo. *Revista Brasileira de Poesia*, I, São Paulo, dez. 1947.

situação histórica de encontro à qual definiram suas expectativas no campo da poesia.

Não se escolhe a geração em que se nasce. Escolhe-se a partir dela e, às vezes, até contra ela. João Cabral fez uma escolha oposta à que levou seus coetâneos a se fixarem numa poesia, que se tornou representativa da Geração de 45, de refinamento formal e de aprofundamento interior.[8] Ligado desde o primeiro livro à tradição modernista, da qual retomou, de preferência, sem de todo abandonar o verso livre, os padrões que lhe puderam assegurar uma dicção corrente e precisa, João Cabral também soube aproveitar o uso, consagrado pelo Modernismo e rejeitado pelos seus companheiros de geração, da matéria prosaica e da prosificação do verso. Mais tarde, repudiando a linguagem elevada e a poesia profunda, João Cabral rejeitará a idéia de expressão poética perseguida nessa fase. Mas tanto o caminho dissidente de João Cabral quanto o rumo preferencial dos novos poetas surgidos no decênio de 1940 derivaram das circunstâncias comuns por todos vividas em um ambiente intelectual, social e político no qual se processou a reação intentada contra o Modernismo. Lado a lado com suas conquistas, definitivamente incorporados ao estilo da moderna poesia brasileira, a revolução modernista legitimara a improvisação circunspecta, condenada por Mário de Andrade,[9] a qual fizera do verso livre, como negação da técnica e do trabalho artístico, instrumento de um pseudo-espontaneísmo. Era a fraqueza consentida e desculpável do movimento, que não contradizia o sentido perdurável de pesquisa estética a ele inerente. Mas o absenteísmo aristocratizante dos líderes de 1922, de que se penitenciou Mário de Andrade em nome de sua geração, parecia indesculpável, no decênio de 1940, à geração que vivia, sob a tensão da Segunda Guerra Mundial, "uma idade política do homem".[10]

Nesse mesmo período, coincidindo com a implantação do Estado Novo, o romance entrou em crise após o recesso da temática social do Ciclo Nordestino. João Cabral referir-se-ia, em 1953, a esse fenômeno interpretando-o como sintoma

8. Daí a "incômoda convergência cronológica" entre João Cabral e seus companheiros de geração, de que fala MERQUIOR, José Guilherme. Falência da poesia ou Uma geração enganada e enganosa: os poetas de 45. *Razão do poema*. Rio de Janeiro: Civilização Brasileira, 1965, p. 40.

9. "...cobertura da vadiagem e do apriorismo dos instintos". A elegia de abril. *Aspectos da literatura brasileira*. São Paulo: Livraria Martins Editora, p. 189.

10. ANDRADE, Mário de. O movimento modernista. *Aspectos da literatura brasileira*. São Paulo: Livraria Martins Editora, p. 253.

do afastamento que se dera entre o público e o escritor, ao se distanciar este dos "assuntos incômodos ou perigosos".[11] A redemocratização do país, acompanhando a euforia despertada pelo final da guerra, não trouxe o esperado retorno do romance social. Enquanto os novos romancistas valorizaram a introspecção e o sobrenatural,[12] os novos poetas, que aparentemente nada podiam inventar depois dos padrões elaborados pelo Modernismo, não aceitaram o prosaico senão transfigurado e sublimado num ideal de pureza poética e de aprofundamento das vivências psíquicas.

Bem outra será a posição de João Cabral, que oporá o princípio de clareza ao de pureza e o controle reflexivo da elaboração poética à sondagem e ao aprofundamento das vivências. Ele mergulhará, graças às suas afinidades eletivas com os poetas da Geração de 22, Joaquim Cardozo, Murilo Mendes e Carlos Drummond de Andrade, nas fontes da poesia contemporânea.

Embora tivesse despertado à vocação do ofício poético por influência de Bandeira, João Cabral, esquivo ao lirismo, e que será um anti-Bandeira no melhor sentido – terá nesse outro pernambucano, Joaquim Cardozo, uma escola de iniciação, das mais ricas e competentes, à arte da poesia. Como ele, porá em prática o princípio de que "a formação poética só é perfeita quando passa pelo crivo da racionalidade...";[13] e ambos, para além da afinidade pela inteligência racional que os liga a Valéry e a Jorge Guillén, laborarão, servindo-se de imagens que atingem um relevo plástico de concreção material, o terreno comum da temática social e das formas populares.

Medidor do contato de João Cabral com o surrealismo, Murilo Mendes aproximou-o das imagens visionárias por meio das quais, sobretudo no seu período compreendido entre 1930 e 1945, a obra do autor de *As metamorfoses* materializa os símbolos da vida espiritual, os emblemas religiosos e o próprio sonho, emprestando-lhes consistência sensível e a condição de protagonistas de um mesmo drama cósmico que envolve e arrebata a existência cotidiana.

11. Depoimento: "Os escritores se afastam do público porque se afastam de seus assuntos". *Jornal de Letras*, Rio de Janeiro, n. 52, out. 1953.

12. MARTINS, Wilson. Crise no romance brasileiro e Neomisticismo na literatura brasileira. Suplemento Literário da *Folha do Norte*, n. 37/38, Belém, 3 e 10 ago. 1947.

13. HOUAISS, Antônio. Sobre Joaquim Cardozo. *Seis poetas e um problema*. (Os Cadernos de Cultura), Rio de Janeiro: Ministério de Educação e Cultura, Serviço de documentação, 1960. p. 85.

Afinando também e sobretudo com a dicção sóbria do *lirismo de suspeição* de Carlos Drummond de Andrade, que inclui no verso o andamento da prosa e disfarça pela ironia a presença do Eu poético, transformado em espectador *gauche* de si mesmo, João Cabral realizará o distrato com a poesia de expressão dos sentimentos pessoais, prenunciado no ceticismo ostensivo de *Alguma poesia* e *Brejo das almas*, diante da existência e do valor do estado de emoção poética. A luta desigual com as palavras, resultante desse ceticismo, levará Cabral, como antes levara Drummond, em *A rosa do povo*, a dirigir a intencionalidade criadora sobre as palavras mesmas, "onde estão os poemas que esperam ser escritos".

Nos seus dois primeiros livros, *Pedra do sono* (1942) e *O engenheiro* (1945), o poeta pernambucano assimilou o tom prosaico, sob dominante reflexiva, de Carlos Drummond, o relevo plástico das imagens de Joaquim Cardozo e o visionarismo de Murilo Mendes, aspectos que convergem na tendência comum, partilhada por esses três modernistas, de neutralização do lirismo puro.

A poesia de João Cabral seguiu a mesma tendência. Crescerá porém em regime de crise interna e, numa luta consigo mesma, que reflete a própria crise histórica da poesia, chegará, submetendo o processo criador a uma análise reflexiva e crítica que já começa em *O engenheiro*, sob a instigação intelectual de Valéry, a problematizar, na poética negativa de *Psicologia da composição* (1947), o alcance da lírica moderna.

Pelo caminho dessa poética negativa, que assinala seu ponto de ruptura com o lirismo, a poesia de João Cabral, em busca do "riguroso horizonte" que lhe propunha Jorge Guillén, acederá a um *período de construção* que tem seu primeiro e decisivo momento em *O cão sem plumas* (1950) e o mais recente na antilira de *A educação pela pedra* (1966), confirmação do rompimento ocorrido em 1947. Incorporando o processo de crise ao processo poético, o período de construção, que se desenvolve entre aqueles dois marcos, e que é presidido por novas afinidades eletivas do poeta – que vão dos épicos medievais castelhanos à literatura oral do Nordeste, de Marianne Moore a Francis Ponge, compreende *O rio* (1953, 1. ed.), *Morte e vida severina* (1954-1955), *Paisagens com figuras* (1954-1955), *Uma faca só lâmina* (1955), reunidos no volume *Duas águas e dois parlamentos* (1958-1960), *Quaderna* (1956-1959) e *Serial* (1959-1961), reunidos no volume *Terceira feira* (1961).

Pessoal e única na poesia brasileira, essa trajetória tornou-se precisa na publicação dos poemas reunidos em *Duas águas* (1956), cujo aparecimento coincide com dois outros fatos que qualificam o ano de 1956 como o eixo de nossa atualidade literária: o advento de uma nova vanguarda em poesia – a primeira depois do Modernismo – e o impacto sobre a prosa de ficção ocasionado por *Grande sertão: veredas*, publicado nessa mesma data. Relacionada desde então e de certa maneira tanto com as frentes vanguardistas abertas pelo Concretismo, sobre as quais irá influir, quanto com a radicação regional que tomou corpo na novelística de Guimarães Rosa, a obra de João Cabral, conforme mostraremos a seguir, estudando a fase crítica de sua formação, já então se situava no percurso conflitivo da poesia contemporânea, situando-se também, em função de seus antecedentes brasileiros, no espaço literário do Modernismo.

II A crise interna

1 O poeta dormindo

Os poemas de *Pedra do sono* constituem fases diversas de um só e mesmo estado poético. A própria monotonia de seus títulos – "Poema", "Poema deserto", "Noturno", "Poema da desintoxicação", "A poesia andando", etc. – indica a repetição de uma experiência cujos aspectos se sucedem como visões encadeadas que visitam e fascinam o espírito adormecido.[14] São as faces de um mundo onírico composto de palavras-chave, de fragmentos da infância, de desejos reminiscentes, que ligam o visível ao invisível, e onde tudo se faz em movimentos de vôo. Voam os pensamentos, a poesia e os objetos:

O telefone com asas e o poeta
pensando que fosse o avião
que levaria de sua noite furiosa
aquelas máquinas em fuga.

Numa espécie de palco móvel, de espaço aberto e ilimitado, entre a percepção sensível e as lembranças, entre o olho que vê e a memória que evoca, nem o passado se distingue do presente nem o interior do exterior. Os olhos que espiam a rua enxergam, por desdobramento visionário, o invisível no visível.

Mulheres vão e vêm nadando
em rios invisíveis.
Automóveis como peixes cegos
Compõem minhas visões mecânicas.

Fica assim bem marcado o sentido alegórico que tem o título desse primeiro livro de João Cabral. Sua *pedra de sono* é o objeto lítico, mediador entre o sonho e a poesia, que a tradição bíblica reconheceu e consagrou na pedra de Jacó. "O poema obscuro dorme na pedra", diz Murilo Mendes num verso que remonta a essa tradição e pode servir de divisa à primeira experiência poética de João Cabral: captar a poesia latente ao espírito em

14. Esse encadeamento de "visões" formando um só e mesmo estado poético pode ser mais bem observado em *Poemas reunidos* (1959), obra em que os poemas de *Pedra do sono* estão apenas numerados, sem os títulos que receberam depois.

estado de sono.[15] Dominada por um complexo de imponderabilidade, que valoriza a indeterminação, a inconsistência e a fluidez das coisas, a experiência a que o estado de sono dá acesso[16] se articula numa semântica do vago em torno de palavras preferenciais, como nuvem, sonho, vulto e fantasma.

Mas pouca é a intimidade do poeta com as cenas variadas desse espetáculo onírico, diferente da *Traumdichtung* romântica e da exploração surrealista do inconsciente. Aqui e ali, uma observação irônica, a modo de pausa meditativa, em versos parentéticos, como os que são freqüentes em Drummond, ou uma interrogação de dúvida comprometem a integridade do espetáculo onírico:

Os homens e as mulheres
adormecidos na praia
que nuvens procuram
agarrar?
....

Os homens têm espelhos de bolso
onde os gestos das amadas
(as amadas demoradas
se repetem).

Essa reação reflexiva ao desfile não consentido, mecânico e aleatório das imagens permite-nos constatar que só uma parte do sujeito da experiência, aquela que o EU desperto vê como "vulto longínquo/de um homem dormindo", deixa-se envolver pelas metamorfoses do espírito adormecido. A outra, que consente ao sonho, imprime-lhe um ritmo de farsa, que mais

15. "O poema obscuro dorme na pedra:/'Levanta-te, toma essência, corpo'./Imediatamente o poema corre na areia..."; "A criação e o Criador", "O véu do tempo", Livro Segundo, *As metamorfoses*, 1941. Noutros versos de Murilo Mendes, a pedra aparece como elemento produtor de metamorfoses: "Sou aquela nuvem andante,/O pássaro e a estátua de pedra" ("O emigrante", *As metamorfoses*, Livro Primeiro); "A grande dignidade das pedras/exclui arcos de triunfo" ("Estudo nº 3, idem).

16. É a experiência do poeta dormindo: "O sono predispõe à poesia. Reconheço que o próprio elemento, o sono em si e a própria palavra: sono (feita de sons que parecem se prolongar no escuro; a voz do homem falando no escuro) são coisas enormemente poéticas. Entretanto, a ação do sono sobre o poeta se dá num outro nível que o de simples material para o poema. Num terreno em que ele deixa de ser um objeto e se transforma como que num exercício, num apronto para o poeta (no sentido esportivo do termo), aguçando nele certas aptidões, certa vocação para o *sobrenatural* e o *invisível*, certa percepção do 'sentido oculto das coisas inertes', da fórmula de Pedro Nava" (*Considerações sobre o poeta dormindo*, IV).

salienta o lado risível, cômico, das aparições imprevistas que a assediam: manequins corcundas, telefones com asas e arcanjos de patins. Diante dessas imagens, que se projetam no espaço do desdobramento visionário, não à brida larga, e sim contidas pelo verso curto, ou pela forma estrófica de poucos versos, indaga o poeta:

Onde o mistério maior
da luz do sol da saúde?

Apenas vislumbrada, a percepção desperta, que parece um "mistério maior", contrapõe-se às imagens obsedantes egressas do sono. Dir-se-ia que se deseja quebrar o efeito alucinatório dessas imagens e sair definitivamente à claridade, escapando ao sortilégio permanente que elas encerram. Mas o sortilégio, que perdurará até o final de *Pedra do sono*, continuará a ser considerado o efeito da poesia, cuja natureza de evocação encantatória estampa-se no último poema da coletânea, "O poema e a água". Só quando o sonho, tematizado em *O engenheiro*, se tornar o plano de fundo, o aspecto de retaguarda, cada vez mais recuado, da experiência poética, é que se abrirá uma saída do estado de sono para o estado de vigília, do mundo onírico para o mundo perceptivo.

2 A nuvem e o sonho do engenheiro

Sucedendo ao *complexo de imponderabilidade* da obra anterior, vemos surgir, em *O engenheiro*, os mesmos vocábulos iniciais da semântica do vago – *sonho, nuvem, fantasma e vulto* –, uma *morfologia do sensível*. Portadora de visões e agente de metamorfoses na poesia de Murilo Mendes,[17] sobretudo na sua fase compreendida entre 1935 e 1945, nuvem era, em *Pedra do sono*, como o meio de transparência do invisível, imagem-sinal de reminiscências ou de desejos. Assim é que, por exemplo, ela servia de veículo noturno à posse física realizada em sonho:

17. Como signo das coisas invisíveis e transcendentes, "nuvem" ocorre ora isoladamente ora associada a "fantasma": "A *nuvem* andante acolhe o pássaro/...Recapitula os fantasmas,/... ("O emigrante") – "Ó altas constelações,/Nuvem prenhe de fantasmas./"... ("A janela") – "Sou um campo onde se decide a sorte dos fantasmas./"... ("Corrente contínua") – "Colher pássaros no peito,/Soletrar as nuvens calmas/"... ("Aerograma") – "Eu te direi: poderás te libertar do peso da vida,/Poderás encontrar um amigo no fantasma que te habita,/... ("Canto amigo") – "Um buquê de nuvens:/" ("A liberdade") – *As metamorfoses*.

A mulher que eu não sabia
(rosas nas mãos que eu não via
olhos, braços, boca, seios)
deita comigo nas nuvens.[18]

Mas em *O engenheiro*, obra na qual o sonho, já tematizado, continua sendo uma constante, a nuvem, que é seu correlato, transita da simbologia onírica para a morfologia do sensível, em que conotará a luminosidade, a leveza e a brancura dos fenômenos atmosféricos. No primeiro poema do segundo livro de João Cabral, "As nuvens", a identidade metafórica do sujeito, que são as nuvens, vai mudando como por força de seu próprio movimento aéreo:

As nuvens são cabelos
crescendo como rios,
são os gestos brancos
da cantora muda;
são estátuas em vôo
à beira de um mar;
a flora e a fauna leves
de países de vento;
....

É do mesmo objeto em mutação figurativa, da mesma forma que se desloca no espaço, que derivam outras formas pregnantes, ligadas entre si pelos elementos comuns de brancura e leveza, afinal condensadas na forma abstrata do dia, que o último verso da última estrofe sugere:

são a morte (a espera da)
atrás dos olhos fechados;
a medicina, branca!
nossos dias brancos.

Do vôo noturno das visões imaginárias, que antes prevalecia, passamos às sugestões visuais das coisas. São coisas dessa espécie vaporosa e diáfana as nuvens que pairam acima do edifício, numa completa exteriorização do sonho, que perde sua conotação onírica para transformar-se num sonho de construção:

18. Esse poema, intitulado "A mulher no hotel", foi suprimido da última edição de *Pedra do sono*, em *Poesias completas* (O poema consta da edição de *Obra Completa*, Aguilar, 1994. Nota do Organizador).

A água, o vento, a claridade,
de um lado o rio, no alto as nuvens,
situavam na natureza o edifício
crescendo de suas forças simples.
("O engenheiro")

O objeto consistente e sólido que preenche o espaço, em meio às coisas simples e aos elementos diáfanos e vaporosos do mundo exterior, se apresenta, ao mesmo tempo, como limite abstrato do sensível e como ideal de lucidez poética, pois que o edifício em que se resolve o sonho do poeta-engenheiro terá nascido, antes de situar-se na natureza, sobre o papel em que foi traçado, a lápis e a esquadro, na forma geometricamente clara de um croqui. Nasce o ideal de um fazer poético que substitua a pura expressão dos estados subjetivos. A epígrafe de *O engenheiro*, tomada a Le Corbusier, "[...] *machine à emouvoir*", indica-nos que o autor já atribui a esse fazer poético a natureza de um ato de construção. Pois a feitura do poema, que se qualifica de *máquina de comover*, obedecerá analogicamente à mesma razão construtiva e geométrica que gera o projeto técnico de uma máquina e a planta de um edifício traçados a lápis e a esquadro numa folha de papel. Como toda máquina se constrói pela função que a define e que lhe determina o tipo de trabalho a executar, o edifício e o poema se corresponder-se-ão, de acordo com o ideal de *O engenheiro*, na ordem funcional que os aproxima, sendo o primeiro *máquina de habitar* e o segundo *máquina de comover*.

No entanto, esse ideal ainda não será realizado em *O engenheiro*. Antes de chegar à poesia como produto de uma *ratio* construtiva, João Cabral penetrará, de olhos abertos, pelo braço de Paul Valéry, no mistério da expressão lírica. Pode-se reconhecer muitos dos conceitos e dos temas da poética de Paul Valéry nos cinco poemas de *O engenheiro* ("O funcionário", "O poema", "A lição da poesia", "A Paul Valéry" e "Pequena ode mineral") que analisam a gênese da linguagem lírica a partir da transmutação dos estados vividos: a criação como ato de pensamento lúcido, que se completa no ato de escrever, ambos dirigidos no sentido do controle racional dos efeitos poéticos contra as interferências do acaso, que a inspiração e o sonho favorecem; o poeta-engenheiro, que calcula a impressão a ser produzida pela sua obra, adquirindo esta "o caráter de um mecanismo destinado a impressionar um público";[19]

19. "L'effet est le but ornamental, et l'oeuvre prend ainsi le caractère d'un méchanisme à impressioner un public, à faire surgir les émotions et se répondre les images". VALÉRY,

e, ainda, a *página em branco*, como espaço decisório, também campo de luta contra o acaso, "turbado pelo possível e pelo pesar de todos os signos que não serão escolhidos...".[20] O resumo desses conceitos e temas pode ser encontrado na passagem da nota e na digressão que precede a *Introduction à la méthode de Léonard de Vinci*, na qual Valéry expõe a idéia da função dialética que a escrita desempenha como médium em que se efetua a transição do estado poético inicial – irregular, inconstante, involuntário e frágil – à poesia no sentido estrito, como obra que dispensa, produzindo e mantendo uma impressão de encanto e milagre, o equivalente da emoção que despertou o impulso lírico.

Para Valéry, o ato de pensar, que se prolonga no ato de escrever, consiste numa operação de caráter voluntário. É a disciplina intelectual que suprimindo o supérfluo, evitando o fácil, impedindo a desordem, recusando o vago, tolhendo a intromissão do inconsciente ou da efusão sentimental, impõe limites à dispersão dos fenômenos subjetivos e certa consistência à sua incessante fluidez. Em disputa com a natureza transitória dos fenômenos interiores, furtando-se à inspiração como forma romântica de entusiasmo que embriaga, ao sonho que fascina e ao inconsciente que o reduziria a um "papel lamentavelmente passivo",[21] o poeta deve ganhar essa luta para poder construir, enfim, o poema como máquina da linguagem.[22] Vencida a batalha que se trava no campo da folha em branco, cessa o esforço que a necessidade de expressão determinou. Sobrevirá então um "estado de indiferença dispersiva e repousante".[23] O poeta reconhecerá no que elaborou a antiga fecundidade e a passada desordem de seus estados interiores, pacificados e transformados numa harmonia, infinitamente reprodutível, de música e significação. Desse ponto de vista, o verso parecerá a João Cabral um organismo que vive dos germes mortos da experiência subjetiva:

Introduction à la méthode de Léonard de Vinci, II. Introduction, Variété. Paris: Gallimard, 1924, p. 252.

20. Ibidem, p. 247-248.
21. Idem, *Propos sur la poésie*, Variété. *Oeuvres*, Tome. I, p. 1376 (Bibliothèque de la Pléiade).
22. "Écrire devant être, le plus solidement et le plus exactement qu'on le puisse, de *construire cette machine du langage* où la détente de l'esprit excité se dépense à vaincre des resistences réelles, il exige de l'écrivain qu'il se divise contre lui-même". Idem, *Introduction à la méthode de Léonard de Vinci*, I, Note et Digression, p. 177, Variété, Paris: Gallimard, 1924.
23. Idem, *Première leçon du cours de poétique*, Variété, *Oeuvres*, Tome I, p. 1354. (Bibliothèque de La Pléiade).

Como o ser vivo
que é um verso,
um organismo

com sangue e sopro,
pode brotar
de germes mortos?

As lembranças e os sentimentos, que permeiam os diversos níveis da experiência psicológica, morrem para renascer na linguagem e só passam à linguagem depois de mortos. É a matéria interior em desagregação que se deposita na matéria física da folha em branco, na qual o verso irrompe. Mas, pergunta novamente João Cabral,

Como um ser vivo
pode brotar
de um chão mineral?
....

A passagem do estado poético à expressão implica, pois, uma dupla calcinação: a que começa interiormente para terminar no verso, e a outra, do próprio verso, que sendo vivo se mineraliza no chão consistente da escrita, em que é traçado a:

Carvão de lápis, carvão
da idéia fixa, carvão
da emoção extinta, carvão
consumido nos sonhos.
("A lição de poesia")

O que a "Lição de poesia" nos ensina é que a expressão consumada produz apenas uma satisfação negativa. É o conforto da poesia ida, como

Doce tranqüilidade
de não-fazer; paz,
equilíbrio perfeito
do apetite de menos.
("A Paul Valéry")

O poeta sucumbiu a um transe e nada mais lhe trouxe essa tranqüilidade do que a matéria morta, residual, de sua própria experiência interior.

O rigor da arte poética de Valéry, acompanhando o processo de elaboração da poesia, visa tão-somente à gênese consciente da beleza. O rigor está no princípio e no meio desse processo, mas não no seu fim, isto é, no efeito que a poesia deverá provocar. Pois que na obra de Valéry a função da *machine à emouvoir* é produzir, artificial e calculadamente, pela oscilação entre som e sentido, entre música e significado verbal, a restituição de um estado poético originário.[24] Mas na disputa com a natureza transitória dos fenômenos interiores, que é a de João Cabral nesse momento, o ideal de clareza e rigor do poeta-engenheiro opõe-se a essa restituição, que terá o efeito de um sortilégio e exigirá que o caos subjetivo, embora fecundo, ceda lugar à permanência e à delimitação das formas consistentes. A clareza de que se fala não representa apenas o oposto da iluminação esporádica, vinda de *la nuit des éclairs* dos surrealistas, ou da "finitude admirável que a percepção atinge, no estado de vigília e à plena claridade",[25] para quem saiu do relativo estado de dormência de *Pedra do sono*. Se o engenheiro sonha coisas claras, sonha ao mesmo tempo dominar as regras de construção de seu poema e poder construí-lo de tal modo que a obra não seja, pela sua ressonância puramente evocativa, uma réplica da fecunda desordem dos estados interiores, fadada a restaurar na linguagem a transitoriedade da emoção originária, mas sim uma coisa sólida e ordenada:

Procura a ordem
que vês na pedra:
nada se gasta
mas permanece.
("Pequena onde mineral")[26]

24. "Restituer l'émotion poétique à volonté, en dehors des conditions naturelles où elle se produit spontanément et au moyen des artífices du langage, tel est le dessein du poète, tel est l'idée attachée au nom de poésie...". Idem, *Propos sur la poésie*, Variété, *Oeuvres*, Tome I, p. 1362.

25. "Jamais le rêve ne réalise ce fini admirable auquel atteint la perception dans la veille et à la lumière". Idem, *Études*, Varieté II. Paris: Gallimard, 1930.

26. Num texto dramático de 1943, *Os três mal-amados*, o poeta figura, com base na anedota de Drummond, "Quadrilhas", três hipóteses de recuperação do amor perdido, que são três modalidades de expressão poética: por oposição ao monólogo visionário de José e à dispersão evocativa e interiorizante de Joaquim, que nos levam de volta ao *complexo de imponderabilidade* de *Pedra do sono*, a de Raimundo é não apenas reduzir a imagem de Maria a uma coisa sem mistério e profundeza, como retê-la num objeto sólido por ele construído: "Penso para escolher: um poema, um desenho, cimento armado: presenças duras e inalteráveis opostas à minha fuga".

Essa "vontade de petrificar" valerá como vontade negativa, que medusará a vida interior, paralisando os sentimentos e a inquietação que deles vem.[27]

3 O fracasso de Anfion

A "Fábula de Anfion", que forma, com a *Psicologia da composição* e "Antiode" o tríptico da poética negativa de João Cabral, corresponde à experiência de secura e silêncio, à trajetória no deserto da alma, que sucedem ao medusamento da subjetividade. O herói mitológico, Anfion, percorre o deserto em três etapas. Na primeira, o deserto, rasa e desnuda realidade, em que não cabem nem o amor nem o mistério, resseca-lhe a flauta:

Ao sol do deserto e
no silêncio atingido
como a uma amêndoa
sua flauta seca:
sem a terra doce
de água e de sono;
sem os grãos do amor
trazidos na brisa,

sua flauta seca:
como alguma pedra
ainda branda, ou lábios
ao vento marinho.

Na segunda etapa da trajetória, quando tudo já era silêncio e secura, a inspiração casual arrebata o instrumento, que vibra de novo, dando nascimento à cidade de Tebas; enfim, na terceira etapa, lamentando-se da obra produzida, que não é a cidade que sonhara construir, Anfion, antes de novamente intentar a busca do deserto, joga fora a flauta, que desejara estéril:

Uma flauta: como
dominá-la, cavalo
solto, que é louco?

27. "En particulier, on peut trouver chez certains poètes une sorte de volonté de pétrifier." BACHELARD, G. *La terre et les rêveries de la volonté*. Paris: Librarie José Corti, 1948, p. 224.

Como antecipar
a árvore de som
de tal semente?
....

Como traçar suas ondas
antecipadamente, como faz,
no tempo, o mar?

A flauta, eu a joguei
aos peixes surdo-
mudos do mar.

Despojando-se das motivações afetivas imediatas do ato de expressão, o herói depura-se, ressecando seus sentimentos. Ele segue a tópica da via mística (deserto, silêncio, secura, vazio) e pratica uma espécie de ascese, que termina por um extremo desafio: o gesto da renúncia ao instrumento musical, que significa o deliberado corte entre a matéria extraída do mais íntimo e pessoal da experiência subjetiva e a criação poética. Porém, não é esse o único sentido do gesto do personagem que Valéry, antes de Cabral, fora buscar na galeria da Antigüidade Clássica.[28]

Quando a interferência do acaso frustra-lhe o projeto, Anfion lamentar-se-á diante de Tebas, indagando:

Onde a cidade
volante, a nuvem
civil sonhada?

Anfion lamenta que sua obra não seja a construção medida, traçada a régua e a esquadro sobre o papel, mas, a despeito da secura que a vontade de petrificar lhe impôs, a eventual expressão de um estado de alma. Nesse sucedâneo da Tebas sonhada, que o descuido criou, Anfion volta a percorrer o deserto perdido, as "secas planícies/da alma..." soterradas. E compreendendo por fim que o rigor não frutificará enquanto conservar o mesmo instrumento vibrátil, enquanto continuar querendo apenas imprimir uma forma consistente à experiência subjetiva, fluida por natureza e refratária à disciplina intelectual, o herói joga aos peixes sua flauta imprevisível. É então a necessidade

28. VALÉRY, *Amphion, Mélodrame* (Musique D'Arthur Honegger). *Poésies*. Paris: Gallimard, 1942.

expressiva do Eu, co-substancial à poesia lírica, que ele decide sacrificar com esse gesto.

No entanto, por esse sacrifício, que assinala o momento agudo da crise interna da poesia de João Cabral, que já transparecia, desde *O engenheiro*, na análise a que aí se submete o fenômeno da elaboração poética, insinua-se uma outra experiência, que situa essa crise num horizonte mais amplo, dimensionando-a historicamente. É que a *nuvem civil*, cuja ausência Anfion lamenta, é a cidade como destino humano da obra: o pólo social de sua comunicação, que ele tacitamente pressupôs alcançar por meio da ascese dos sentimentos. Liberta da função de exprimir o estado da alma de um só indivíduo, a obra, intermediária de uma comunicação interessando a todos, tomaria lugar na cidade traçada pelo poema e onde o poeta deverá habitar. Quando a flauta ressecada e vazia torna a vibrar, Anfion apercebe-se, por contraste com o ideal de comunicação que sua Tebas rigorosa enfeixa, preso a uma "injusta sintaxe", "entre/...mãos frutíferas, entre/ as copadas folhagens/ das ações...". Apercebe-se na sua condição de consciência solidária, confinada ao isolamento dentro daquilo mesmo que conseguiu exprimir:

Esta cidade, Tebas,
não a quisera assim
de tijolos plantada,

que a terra e a flora
procuram reaver
à sua origem menor:

como já distinguir
onde começa a hera, a argila,
ou a terra acaba?

Desejei longamente
liso muro, e branco,
puro sol em si

como qualquer laranja:
leve laje sonhei
largada no espaço.
Onde a cidade
volante, a nuvem
civil sonhada?

A expressão pessoal, nesse instante renovado, clausura a fala do poeta no recinto do poema, em vez de fazê-la transitar ao espaço humano que a comensurou e a que se destina. O poeta habita seu poema, mas não a cidade, cujo acesso lhe está vedado pela linguagem, que não atingiu o pólo da comunicação social idealmente visado.[29]

Projeta-se nesse afastamento, como uma experiência negativa, o perfil histórico dilacerado da lírica moderna, em que a fala de cada poeta, idioma pessoal e original, constitui um mundo à parte, auto-suficiente, que os padrões coletivos da comunicação não mais polarizam. Desse ponto de vista, a conduta de Anfion reedita o fracasso permanente do poeta moderno, para o qual exprimir-se significa manter e aprofundar, no ambiente da sociedade industrial de massa, o fosso que o marginaliza e discrimina. Mas, prenunciando a ruptura da poesia de João Cabral com a atitude de expressão da lírica, o gesto de Anfion, que é exemplar, responde a esse fracasso rejeitando, ao mesmo tempo que continua fiel ao rigor que o levava a buscar no deserto a nuvem civil sonhada, o instrumento sonoro da magia e do encantamento evocativo. O sacrifício do Eu, como sujeito de expressão que se consuma desse modo, abrirá, contudo, ao poeta, exposto ao risco da esterilidade, o mesmo domínio que se abriu à poesia no instante de seu divórcio com a Cidade: o domínio essencializado da linguagem,[30] que já é aquele que move o poema seguinte, *Psicologia da composição*.

4 A poética negativa

Psicologia da composição compreende oito poemas sobre o processo poético, que é então plenamente tematizado segundo a oscilação do pensamento reflexivo, que não apenas o interpela,

29. O problema da comunicação poética, fundamental na poesia cabralina, é formulado nessa perspectiva. Cf. *Poesia e composição*: a inspiração e o trabalho de arte. Conferência pronunciada na Biblioteca de São Paulo em 13/11/1952, no Curso de Poética.

30. Traduzindo esse fenômeno, com que se relaciona o drama de Anfion, Roland Barthes escreve: "Le Mot n'est plus dirigé à l'avance par l'intention d'un discours socialisé...". Enquanto, no discurso clássico, a linguagem vai "sempre ao encontro de outrem", no discurso poético da modernidade, a linguagem se essencializa: "...les poètes instituent désormais leur parole comme une Nature Fermée, qui embrasserait à la fois la fonction et la struture du langage". A poesia torna-se então "une qualité irreductible et sans hérédité. Elle n'est plus attribut, elle est substance...". In: BARTHES, R. Écriture poétique. *Le degré zéro de l'écriture*. Paris: Aux Éditions du Seuil, 1953, p. 72-73.

mas seleciona, julga e analisa o resultado desse processo, iluminando-o de diferentes ângulos, alguns dos quais se relacionam com os temas de Valéry, aproveitados e modificados, outros com motivos da poética de Carlos Drummond de Andrade.

O que adquire relevo nessa análise crítica, que continua e completa a experiência depuradora da "Fábula de Anfion", é o papel presentificante da *atenção*, que sobreleva ao evocativo da memória. O foco atencional, que dirige e centraliza o processo poético, retira da lembrança a remissão ao passado, para conservá-la apenas em seu valor de imagem. Tal como uma concha esvaziada de seu conteúdo, a imagem cristalizada da lembrança incorpora-se no poema, e nele subsiste como objeto autônomo:

Algumas conchas tornaram-se,
que o sol da atenção
cristalizou; alguma palavra
que desabrochei, como a um pássaro.

Talvez alguma concha
dessas (ou pássaro) lembre,
côncava, o corpo do gesto
extinto que o ar já preencheu;

Talvez, como a camisa
vazia, que despi.

O foco atencional concentra-se por efeito daquele médium exterior da escrita, a folha em branco, em cujo espaço se exerce. Desempenhando uma função diurna,[31] de agenciamento da clareza e da consistência, ela ajuda a especializar o tempo, a estancar a fuga da duração real. Nela,

....
cessa toda fuga;

como não há fuga
nada lembra o fluir

31. Essa função diurna corresponde à configuração "de tipo concreto-solar", oposta à configuração, predominante em *Pedra do sono*, "de tipo lunar, noturno, fundada na tradição simbolista, nutrida pelo surrealismo, embora desde já nem simbolista nem surrealista". COSTA LIMA. Luís A traição conseqüente ou a poesia de Cabral, III, *Lira e antilira*. Rio de Janeiro: Civilização Brasileira, 1968, p. 253.

de meu tempo, ao vento
que nela sopra o tempo.

Mas na superfície da folha em branco, exposta aos golpes do acaso mallarmeano, podem ocorrer transmutações enganosas de uma falsa alquimia do espírito. Será preciso aguardar que "a jovem manhã" revele o poema. É a tática de Drummond, que combina concentração e paciência numa luta matinal desperta.[32] Só a convivência com as palavras, somente a atenção que sobre elas concentra, ensina o poeta a usá-las, como "abelhas domésticas", que preparam e destilam seu próprio mel, e a descobrir o delicado fio com que se envolvem umas nas outras, envolvendo as coisas na sua trama. A paciência, que é lenta, torna-se virtude intelectual do pensamento, que visa, com um cuidado analítico estranho à inspiração, "a forma atingida/ como a ponta do novelo /que a atenção, lenta,/ desenrola..."

A psicologia da composição supera a perplexidade com que ainda se encarava, em *O engenheiro*, a transformação dos estados interiores na matéria morta incorporada ao organismo do verso, nascido sobre a superfície mineral da folha em branco. Ao contrário do que então sucedia, quando se tentava abranger e fundir os dois planos, o da linguagem e o da experiência psicológica, a intencionalidade poética, dirigida pela atenção, visa agora diretamente ao primeiro, enquanto o outro, reduzido pela depuração que o impessoalizou, torna-se realidade dissipada e ausente, da qual o poema surge. Daí a elaboração poética realiza-se à contra-corrente da experiência psicológica, agindo em sentido inverso ao dela, como um processo negativo que desfaz o que ela faz e cujas operações, diminutivas e redutoras, lavam-na de suas impurezas e despem-na de suas excrescências. Assim o poeta compõe ao se descompor. Despindo algo de si, ele provoca o vazio que as palavras vêm preencher:

Saio do meu poema
Como quem lava as mãos.

32. ANDRADE, Carlos Drummond de. "O lutador". *José.* A tática se combina com o ceticismo que ironiza tanto a poesia quanto o sentimento romântico de impotência. Essa ironia está ausente em "Procura da poesia" (*Rosa do povo*). A tática drummondiana substitui aí a luta pela conveniência e pelo esforço paciente: "Convive com teus poemas antes de escrevê-los/Tem paciência, se obscuros. Calma, se te provocam./Espera que cada um se realize e se consume/ com seu poder de palavra/ e seu poder de silêncio".

À luz da depuração e do esvaziamento, tópicos de uma poética negativa, o que antes era resíduo, produto de criação misteriosa, transplantado à superfície mineral da folha em branco, é a natureza própria das coisas – quando em estado de palavras – e das palavras quando em estado de coisas. Atinge-se na mineralização reconhecida da linguagem, que dá nova direção à vontade de petrificar, a equivalência entre imagem e palavra ou entre palavra e coisa, que é o mistério sem mistério da poesia:[33]

Cultivar o deserto
como um pomar às avessas.
(A árvore destila
a terra, gota a gota;
a terra completa
cai, fruta!

Enquanto na ordem
de outro pomar
a atenção destila
palavras maduras).

A árvore de que fala o poema cresce dentro dele próprio. É uma imagem implantada com a palavra "árvore" no lugar da lembrança do objeto respectivo, esvaziada pela atenção de sua ressonância emotiva e encantatória, e como que desligada do movimento de duração real.[34] Mas as palavras que preenchem o vazio e não têm outra substância além da matéria sonora ou escrita do signo, que lhes dá o corpo mineral aonde as significações vêm habitar, compreendem a possibilidade, inversa à da duração psicológica, de esvaziarem o que mostram e de mostrarem se esvaziam:

33. Esse mistério, se mistério, vem a dar na reversibilidade entre palavra e coisa ou entre pensamento e imagem, a que se aplica a fórmula da equivalência de Paulhan. PAULHAN, Jean. *Clef de la poésie*. Gallimard, 1944, p. 43-46 (Colléction Métamorphose, XXI).

34. A árvore-palavra cresce dentro do poema. Pela poesia se opera a restituição da abertura do mundo pela linguagem. Fora do poema, as árvores entre as quais circulamos também são verbais no sentido de que a intencionalidade da consciência não é alingüística. "Quando vamos à fonte, quando atravessamos a floresta, nós atravessamos o nome 'fonte', o nome 'floresta', ainda que não os enunciemos e não estejamos considerando a língua". HEIDEGGER, Para que poetas? *Caminhos no bosque* (*Chemins qui ne mènent nulle part*. Paris: Gallimard, 1962, p. 253).

Cultivar o deserto
como um pomar às avessas:

então, nada mais
destila; evapora;
onde foi maçã
resta uma fome;

onde foi palavra
(potros ou touros
contidos) resta a severa
forma do vazio.

5 Desagregação da metáfora

A "Antiode" – contra a poesia dita profunda – que completa o tríptico da poética negativa leva esse esvaziamento ao núcleo da idéia de poesia, que concentra a ambição máxima do lirismo moderno: alcançar, por meio dos estados de alma, uma realidade mais profunda, que é a própria poesia transformada numa essência pura e transcendente, como *flor* inefável do espírito. Assim, o poeta moderno, entregue à sua experiência interior, que se torna medida do mundo e das coisas, vê seus impulsos e sentimentos pessoais convertidos em veículo de uma experiência de ordem superior, para cuja transmissão o instrumento da linguagem será insuficiente. É da poesia como estado interior que ele parte para encontrar a poesia como realidade que transcende a linguagem, nela deixando apenas o rastro de sua ausência. Mais pura e profunda tornar-se-ia a linguagem poética quanto mais refletisse tal ausência, quanto mais o texto escrito existisse como meio de aproximação sempre imperfeita à poesia não escrita que o gerou.

Como vimos anteriormente, é a parte morta e calcinada da experiência subjetiva que a expressão lírica traz à tona da linguagem. Essa calcinação, que João Cabral hesitou em aceitar no seu valor de resto, de detrito, pareceu-lhe depois a condição da passagem do psíquico ao poético, da poesia estado emocional à poesia como estado da linguagem, por obra da interferência voluntária da atenção que cristaliza a lembrança e os sentimentos desagregados ou putrefatos – "esse açúcar do podre" destilado nas palavras, que são "abelhas domésticas", cujo mel não se refina. A química da palavra vem interromper a alquimia dos sentimentos, evitando que, depois de putrefatos, se sublimem na essência da poesia pura, como *flor* inefável do espírito.

João Cabral despetalará em "Antiode" essa flor ideal que disfarça a penúria e a impureza da expressão real:

A

Poesia, te escrevia:
Flor! Conhecendo
que és fezes. Fezes
como qualquer,

gerando cogumelos
(raros, frágeis, cogu-
melos) no úmido
calor de nossa boca.

Mas desfazendo os laços entre duas idéias – a de poesia pura e a de flor, como emblema da sublimação – o poeta anuncia o descobrimento de outra flor. Não é a "flor" objeto, mas a própria "imagem da flor", mencionada como tal:

Depois eu descobriria
Que era lícito
Te chamar: flor!
(flor, imagem de

duas pontas, como
uma corda).........

O deslocamento da perspectiva é sensível: no primeiro caso, tínhamos tão-só o uso da imagem; no segundo, faz-se menção à imagem que se usa e à qual se atribuem propriedades que não pertencem mais ao primitivo objeto. É a "imagem da flor", e não a flor objeto, que tem duas pontas, como uma corda. Da flor como objeto, imagem de primeiro grau, passamos a uma de segundo grau, que é a imagem da flor mencionada entre parênteses. Não estamos no plano da metáfora apenas, mas no da análise da metáfora, cujos elementos aí se apresentam dissociados e a caminho de outras dissociações possíveis.

Na metáfora em estado puro prevalece a unidade análoga dos termos verbais ou dos objetos relacionados. Essa unidade, resultante do fenômeno de *mescla das esferas*,[35] permite a

35. BÜHLER, K. Teoria del lenguaje. *Revista de Occidente*, Madrid, p. 386.

apreensão relacional das semelhanças ou da identidade entre imagens. Em razão de sua qualidade emotiva, essa apreensão engloba imagens num todo, o que corresponde à vivência psíquica de que as relações de semelhança entre os significados são também relações de semelhança entre as próprias coisas. É tal unidade que se rompe com a dissociação dos elementos metafóricos, usados ao mesmo tempo que se lhes menciona o uso ou a categoria verbal. A imagem da flor, antes colocada entre parênteses, continua a ser desenvolvida. As duas pontas que ela tem são bocas, e de cada uma saem novas imagens – imagens da imagem entre parênteses, e cada uma delas susceptível de novos desdobramentos:

...Depois
eu descobriria
as duas pontas

da flor; as duas
bocas da imagem
da flor: a boca
que come o defunto

e a boca que orna
o defunto com outro
defunto, com flores,
– cristais de vômito.

Boca que orna, boca que come, defunto, cristais de vômito entram num quadro semântico uniforme em que as palavras componentes conotam morte e desagregação. A decomposição da flor levou a uma metáfora da decomposição. Isso ainda não é tudo. Lembramos que o processo gerador das imagens que se sucederam, bombardeando a metáfora por dentro, teve a conseqüência importante já assinalada: o desvestimento dos nexos metafóricos, que passam a ser expostos e exibidos no poema, como se expõem e se exibem, através de um vidro, as partes centrais de uma máquina em funcionamento. O efeito do desvestimento foi, portanto, cortar a unidade relacional da metáfora em estado puro, como apreensão englobante de palavra e coisa, que caracteriza o efeito mágico da *nomeação*, na escala do pensamento mítico.

Desfez-se, pois, a magia da metáfora pela distensão analítica de seus termos, cuja apreensão relacional é interrompida.

Conseqüentemente, a metáfora de decomposição neles contida coincide com a decomposição da metáfora que chegou ao final. Mas essa decomposição não afeta o mecanismo lingüístico da metáfora, que agora ficará exposto e à vista do leitor, sob a referência analítica de um segundo nível de linguagem. Daí o efeito de desvestimento, que rejeita na metáfora aquilo que nela contraria o princípio de clareza e rigor a que está subordinada a construção do poema, atingindo-lhe o uso mágico que o Simbolismo intensificou. A ocultação do mecanismo metafórico tornar-se-ia, na fase moderna, o requisito indispensável das ambições espirituais que o ideal da poesia pura sintetizou.

Uma vez que o mecanismo desnudado foi o da própria linguagem em seu funcionamento real, a imagem da flor será, finalmente, convertida à matéria lingüística de seu suporte verbal, a palavra mesma, como signo escrito, que é o foco de abertura à mineralização das significações na página em branco:

Flor é a palavra
flor, verso inscrito
no verso, como as
manhãs no tempo.

Desse ponto de vista, a palavra adquire natureza entitativa dupla. Seja ela qual for, será, como centro de convergência e divergência das significações que se organizam no espaço da escrita, um objeto de percepção, comparável a uma máquina ou a um jarro de flores. Mas ela será também objeto útil, manipulável, sujeito a uma técnica que disporá de seu funcionamento, dando-lhe serventia na máquina maior do poema, de que constitui a peça essencial. Com a decomposição da metáfora, que perde seu poder enfeitiçante, opera-se concomitantemente, em "Antiode", a decomposição final da idéia de poesia pura, de que a flor, como forma delicada, é o emblema. Já no quadro semântico anteriormente formado com os traços da morte e da desagregação, "flor" reduzir-se-á a "fezes", que significa a natureza residual e impura da poesia:

Poesia, te escrevo
agora: fezes, as
fezes vivas que és.

É uma psicanálise do poema que se completa por essa descida a uma profundidade outra, inversa da elevação espiritual idealizante. Todo o sistema do lirismo moderno, articulado depois do simbolismo e sob a influência dele e que teve na poesia pura sua mais refinada e copiosa floração – todo esse sistema, com sua prova de escrita, com seu repertório de atitudes prescritas ao poeta, com sua axiologia e sua metafísica da criação –, foi visado e atingido pela dessublimação de choque praticada em "Antiode". Na fase de crise interna da obra de João Cabral, à recusa de continuar nos limites da expressão lírica, que a "Fábula de Anfion" traduz, seguiu-se a agressão verbal de "Antiode" contra a transcendência da poesia. Trata-se, para João Cabral, como nos indica seu próximo passo, *O cão sem plumas*, que assinala a superação da crise e o início do período de construção, de restabelecer o circuito social comunicativo da poesia, de que se viu privado Anfion, por meio da composição poética transparente, que nada dissimule de sua natureza de "máquina da linguagem".

Longe de ser, como se poderia pensar, uma fase de desequilíbrio, de instabilidade prolongada, que cessa no período de construção, a fase de crise é aquela que acompanha a crítica ao lirismo, a qual se iniciou contrastando o ideal de clareza da imagem e de rigor na construção do poema – o sonho do poeta-engenheiro – com o teor fortemente evocativo da expressão na lírica moderna, cujo efeito encantatório, análogo ao sonho, participa da natureza fluida dos fenômenos interiores. Esse ideal de clareza e de rigor, que desponta com a morfologia do sensível e o dimensionamento perceptivo das imagens por ela prenunciadas, manifestou-se, de maneira incisiva, na *vontade de petrificar* a incessante fluidez da experiência subjetiva. O Eu reflexivo, que não silenciou nem mesmo em *Pedra do sono*, dirigiu as operações diminutivas e redutoras dos estados da sensibilidade, neutralizando as motivações de que a expressão lírica é o desenvolvimento. A elaboração poética realizar-se-á, como dissemos a propósito de *Psicologia da composição*, à contra-corrente da experiência psicológica empírica, num movimento inverso de que resulta sua decomposição, pois que a composição do poema principia depois que os estados da sensibilidade se decompuseram, cristalizando-se nas palavras diretamente visadas pela *atenção*. Servindo de guia à análise das imagens, a atenção desvia o curso da duração real e neutraliza ou torna inefetiva a emoção. Quebra-se a unidade do estado de alma (*Stimmung*), que liga o sujeito e o objeto na expressão lírica. Entre o Eu que se exprime, e o objeto da expressão, que são seus próprios estados ou modificações, a poesia reflexiva e crítica do poeta introduziu uma distância que a expressão lírica não comporta.[36]

A depuração e o esvaziamento, operações básicas da poética negativa, sustentarão permanentemente, na poesia de João Cabral, esse distanciamento entre a disposição afetiva pessoal e a matéria da linguagem, entre o sujeito que fala e o objeto de que se fala. O processo crítico do lirismo, que domina a primeira fase dessa poesia, dando-nos a justa dimensão de seu regime de crise interna, passa por aquelas duas operações, que constituem um só princípio de composição, daí em diante utilizado. Mas esse processo situa-se, ao mesmo tempo, no âmbito da crise histórica da poesia moderna, como dilaceramento da linguagem, cujo poder expressivo aumentaria na razão inversa de sua função de comunicação.[37] O restabelecimento do circuito comunicativo da poesia na sociedade se associará, para João Cabral, à construção do poema como "máquina da linguagem", que mostra seu mecanismo em funcionamento, não dissimulando nem a impureza do *discurso poético* nem a penúria da matéria prosaica de que provém e que carreia as impurezas do tempo.

Certa densidade da história vivida atravessa a crise da poesia de João Cabral na forma da situação conflitiva, familiar ao poeta contemporâneo, ligado à sua época e em antagonismo com ela. Foi esse estado que Drummond traduziu na atitude de fazer poesia como um ato irrisório, numa época que o obriga a perguntar em "José":

(– mas haverá lugar para a poesia?)[38]

Da resposta afirmativa dada a essa interrogação, ficou o amargo documento da flor de "A rosa do povo", que rompe

36. A esse distanciamento opõe-se a lírica. Do mesmo modo que o leitor se identifica ou não com o sentimento, mas não pode tomar posição contrária a ele, o poeta lírico, que diz quase sempre "eu", embora o faça num sentido diferente da autobiografia, é ao mesmo tempo sujeito e objeto da expressão. "A distância entre obra e ouvinte aqui superada inexiste igualmente entre poeta e aquilo de que ele fala". STAIGER, E. Estilo lírico: a recordação. *Conceitos fundamentais da poética.* Rio de Janeiro: Tempo Brasileiro, 1969, p. 55.

37. É a preocupação constante de Cabral tanto na sua conferência já referida quanto na tese apresentada ao Congresso Internacional de Escritores, por ocasião do IV Centenário de São Paulo (*Da função moderna da poesia*).

38. ANDRADE, Carlos Drummond de. "Ode no Cinqüentenário do Poeta Brasileiro".

o asfalto, nascendo de todas as impurezas, do tédio e do nojo provocados por um tempo pobre e podre – tempo "... ainda de fezes, maus poemas, alucinações e esperas".[39] A flor que a "Antiode" de João Cabral identifica a fezes reverte a sua substância impura, com que a indigência do tempo é assumida pela indigência da poesia. Tal aceitação implica empobrecimento voluntário: despoja-se a poesia de todas as roupagens supérfluas e de toda profundidade ilusória de todos os ornamentos da fantasia e da sublimação dos sentimentos. Despe-a o poeta de seus véus para que ela desnude, por sua vez, as coisas, até descobrir aquilo com que sonhava em *O engenheiro*:

O mundo justo que nenhum véu encobre.

Como adiante veremos, *O cão sem plumas*, início do período de construção, retira esse véu para revelar, numa poesia impura, as indigências e a penúria do meio regional do poeta.

39. Completam a idéia desse verso os dois seguintes: "O tempo pobre, o poeta pobre/fundem-se num mesmo impasse" ("A flor e a náusea").

1 O cão sem plumas

Já se pode observar em *O cão sem plumas* o mecanismo transparente do poema, no molde descritivo inicial a ser aplicado na construção da linguagem, em função de um tema determinado. Esse molde postula, para quatro termos diferentes, que são partes simétricas constitutivas do tema, um mesmo tipo de relação admitida entre dois termos iniciais, "cidade" e "rio":

§ A cidade é passada pelo rio
como uma rua
é passada por um cachorro;
uma fruta
por uma espada.

Nesse *molde descritivo*, que é o modelo hipotético do poema que se vai construir, "rua" e "cachorro", "fruta" e "espada" mantêm entre si, tomados dois a dois, a mesma relação de transpassamento que há entre "cidade" e "rio" indicada pelo verbo. Em vez de uma comparação entre termos diferentes, temos uma comparação entre relações que se assemelham, como numa proporção assim armada:

§ A cidade está para o rio,
assim como a rua está para o cachorro
e a fruta para a espada.

As relações continuam sendo as mesmas e não mudarão ainda se convertermos o enunciado de cada verso numa proposição relacional. Simbolizando-se por R a relação entre os termos e cada termo pela letra inicial ou final do vocábulo respectivo – cidade (c), rio (r), rua (a), cachorro (o), fruta (f), espada (e) –, estabeleceremos um sistema de equivalência da seguinte forma:

cRr = aRo = fRe

Não queremos mostrar por esse artifício senão que o *molde descritivo*, situado na fronteira que separa o lógico do poético, e agora simbolizado por três relações de equivalência, tem um sentido metapoético, porque estabelece o limiar normativo para a formação de metáforas. É, como a carpintaria ou o andaime que se integrasse numa construção depois de a ela ter servido, um fenômeno que pertence à lógica da linguagem, na qual tem origem o mecanismo dos tropos. Foi a essa lógica que o poeta recuou, para, em atenção à clareza e ao rigor da construção por ele objetivados, fundamentar, em matrizes previamente estabelecidas, a extensão e o limite de suas imagens. Isso lhe permitirá, ao mesmo tempo, jogar com os termos componentes do *molde descritivo*, substituindo-os uns pelos outros – de acordo com as relações de equivalência preestabelecidas, e que ele sempre tomará por base –, e fazer progredir, de outro modo, a desagregação da unidade da metáfora iniciada no primeiro período. Desta vez, porém, a quebra da magia metafórica virá da origem não privilegiada da metáfora, que tem por base os mesmos nexos de equivalência desencobertos no poema e explicam o mecanismo das imagens quaisquer que elas sejam.

Mas essa postulação introdutória a que o poeta liga seu trabalho de construção não é um sistema formal vazio, uma vez que o transpassamento firmado entre "cidade" e "rio" se estende, nos quatro movimentos ou partes de que o poema se compõe (Paisagem do Capibaribe, I e II; Fábula do Capibaribe, III; e Discurso do Capibaribe, IV), à região toda que o Capibaribe atravessa. Cada um desses movimentos corresponde a um nível distinto do mesmo tema, que nem é o rio nem a cidade separadamente, mas a realidade opaca, viscosa e espessa, que eles formam.

A opacidade, a viscosidade, a fecundidade e a estagnação, elementos associados à água do rio, fazem dele um *Cão sem plumas*. O rio, com sua flora de lama, que parteja a terra negra e é estranho aos peixes que o habitam, absorve a estagnação, e tudo quanto nele pulula ou se encontra às suas margens vem

dos palácios cariados,
comidos
de mofo e erva-de-passarinho
....
das árvores obesas
pingando os mil açúcares
das salas de jantar pernambucanas,
por onde se veio arrastando. [...]

Escoadouro geográfico das águas de lavagem da história regional, com seus resíduos e detritos, o rio absorve a viscosa economia açucareira, o passado colonial, a nobiliarquia das famílias e os traços culturais herdados. Cão sem plumas pela natureza de suas águas, essa primeira imagem do rio, que remonta a uma primeira substituição operada entre dois dos termos – rio e cachorro – componentes do *molde descritivo* prévio, estende-se aos habitantes dos mangues do Capibaribe, cães sem plumas também:

§ Como o rio
aqueles homens
são como cães sem plumas
(um cão sem plumas
é mais
que um cão saqueado;
é mais
que um cão assassinado.
Um cão sem plumas
é quando uma árvore sem voz.
É quando de um pássaro
suas raízes no ar.
É quando a alguma coisa
roem tão fundo
até o que não tem).

Todo ser violentado, cujos atributos se truncam e se confundem, como nos versos antes citados os atributos da árvore com os do pássaro, é um cão sem plumas. Exposto a uma geral corrosão, ele é natureza desfalcada. Sua forma de existir é não-ser, pois que só existe como realidade negada em si mesma. O que a nega e desrealiza, até fundi-la com o rio, é uma potência anônima que tem a força opaca, viscosa, pobremente fecunda e estagnada das águas do Capibaribe. O rio conhece os homens sem plumas, seus homônimos, que vão nele perder-se numa conivência de suas naturezas idênticas, ambas corroídas ou desfalcadas, ambas se confundindo na dissolução comum, que humaniza o rio e fluvializa o homem. Mal podem ser distinguidas, no estado de privação da natureza desplumada de que partilham, a paisagem física da paisagem humana:

§ Na paisagem do rio
difícil é saber
onde começa o rio;
onde a lama
começa do rio;
onde a terra
começa da lama;
onde o homem,
onde a pele
começa da lama;
onde começa o homem
naquele homem.

São o rio e o homem assim confundidos que contrastam, na "Fábula do Capibaribe", com a imagem oposta, de coisa limpa e lavada, branca e pura do mar, que aparecerá, em função de novas variantes introduzidas no molde descritivo inicial, como uma espécie de ideal utópico de renovação. Invadidas pelas águas do mar que apenas as lavam de suas impurezas e depuram-lhes as excrescências, as do rio se contraem, num adensamento resistente, que converte a negatividade de sua condição numa força contrária, de fruta que amadurece ou de luta que começa. É a última variação, já agora com o termo "fruta", que substitui "rio", por sua vez suplente de "cão", nas relações de transpassamento estabelecidas pelo grupo de equivalências antes exposto:

(Como o rio era um cachorro,
como o mar era uma bandeira,
aqueles mangues
são uma enorme fruta:
....

Mas pela sua própria natureza carente, pela corrosão e privação que qualificam sua maneira de existir, a realidade humana, concentrada na imagem do cão sem plumas, é uma realidade espessa e contundente, cortante e agressiva, capaz de afirmar-se a si mesma, rejeitando a negação que a reduz ao não-ser. Tal é a ética do "Discurso do Capibaribe":

§ Porque é muito mais espessa
a vida que se desdobra
em mais vida,

como uma fruta
é mais espessa
que sua flor;
como a árvore
é mais espessa
que sua semente;
como a flor
é mais espessa
que sua árvore,
etc., etc.

O discurso poético de *O cão sem plumas*, exterior e independente do poeta,[40] amplia-se sucessivamente, passando, como vimos, por diversos níveis descritivos – o geográfico, o humano e o social –, que são aspectos integrantes de um tema expansivo: a indigência e a penúria do meio regional. Ao fim, o objeto do discurso poético torna-se discurso do próprio objeto, no sentido de que a ética do rio, da qual o poeta se faz intérprete, é lição extraída das próprias águas do Capibaribe.

Miniatura da arte poética de João Cabral, na qual já se acham traçadas ou apenas esboçadas as linhas mestras que se fixarão nas obras seguintes, *O cão sem plumas* dispõe de impressionante bateria de recursos retóricos. É nele que se dá a bifurcação dessa arte em dois tipos de dicção: de um lado, a de *O rio* e *Morte e vida severina*, de outro, com maior rigor e clareza na construção, a de poemas como "Uma faca só lâmina" e dos incluídos em "Paisagens com figuras", de repertório temático variado.

2 Duas águas

Essas duas vertentes foram reconhecidas pelo próprio autor, que as juntou num só volume denominado *Duas águas* (1956), que inclui na "primeira água" os livros anteriores – *Pedra do*

40. Antônio Houaiss assinala, de uma outra maneira, essa extensividade do discurso poético. *O cão sem plumas*, que ele qualificou de "acontecimento anômalo na poesia brasileira", "encerra uma grande novidade no poeta: a fusão do sujeito com o objeto real – o rio Capibaribe. Mas há ainda algo mais: o sujeito – o poeta – não chega a ser real, pois não se transfere no objeto: é que o lirismo, projeção do indivíduo, houvera talvez beneficiado o poema, o que é uma hipótese, pois a verdade é que a estrutura toda do mesmo poema tivera de ser subvertida pela presença dessa projeção". HOUAISS, Antônio. Sobre João Cabral de Melo Neto. *Seis poetas e um problema.* Rio de Janeiro: Ministério da Educação e Cultura, 1960, p. 114-115 (Os Cadernos de Cultura).

sono, *O engenheiro*, *Psicologia da composição*, ao lado de *O cão sem plumas*, *Uma faca só lâmina* e *Paisagens com figuras* – e na segunda *Os três mal-amados*, ao lado de *O rio* e *Morte e vida severina*. Quanto ao sentido dessa divisão, e principalmente quanto às intenções da "segunda água", em que se costuma ver a linha participante da poesia de João Cabral, correm alguns equívocos que tentaremos desfazer.

O primeiro equívoco é considerar os dois tipos de dicção como espécies distintas de poesia, uma fácil e outra difícil, uma acessível e penetrável, outra requintada e superelaborada. Dir-se-ia que o poeta, dispondo de duas chaves do mecanismo poético, decidiu, a seu talante, conforme o tema e a ocasião, ora operar com a que abre a linguagem simples atribuída à "segunda água", que a expressão dos sentimentos modula, ora com a que abre a linguagem complicada, que a inteligência e a reflexão refinam. Desse ponto de vista é que a poesia de Cabral, apreciada no desdobramento de suas "duas águas", tem sido alvo de juízos contraditórios. Os que valorizam o trabalho da inteligência qualificam de desvio ao rigor a linha de *O rio* e *Morte e vida severina*; e os que acreditam que a elaboração poética, intelectualmente conduzida, só faz multiplicar os invólucros da poesia, sem nada acrescentar à sua substância, condenam o "cerebralismo" da linha que passa por *Uma faca só lâmina*, em nome da suposta autenticidade da outra, garantida pelo valor social de seus temas e pelo espírito participante que a anima.

O segundo equívoco diz respeito à temática, e o terceiro, à participação. Com a publicação de *Duas águas* parecia haver-se definido uma partilha de temas na poesia de João Cabral: as composições da "segunda água" ocupar-se-iam exclusivamente de temas sociais, salientando, tal como a poesia da fase heróica do Modernismo, até 1930, seus aspectos localistas e regionais. Antes que se pudesse ler detidamente *Paisagens com figuras*, em que a temática social, oriunda de motivações regionais, comparece ou isoladamente ou em conjunto com outros assuntos, podia-se pensar que essa temática fosse privativa de uma só água, não passando para a outra, que submete o instrumento poético ao exercício da reflexão e está marcada pela "poesia da poesia". Podia-se pensar também, como é corrente ainda hoje, que a "segunda água", de acessibilidade garantida, laborava num já cediço exotismo regional, indo buscar, na velha arca nativista da geração de 1922, os guardados folclóricos com que foram recheados episódios de *Morte e vida severina*.

Por si só o recurso ao folclore não conduz ao exotismo. Tudo depende do valor que se atribui à matéria folclórica e da função que ela desempenha na composição poética. Refratária ao quadro pitoresco, à celebração da terra, à louvação da paisagem, à evocação das tradições passadas, ao elogio do homem típico, a poesia de João Cabral desmistifica a ambiência regional, mostrando-a sob o ângulo da penúria que a corrói, não apenas nos poemas mais diretamente inspirados em fontes populares, como são os da "segunda água", mas também naqueles que obedecem a um mais rigoroso traçado da razão construtiva.

Se a poesia participante, no sentido comum do termo, é aquela que se define pelo seu uso prático como arma de crítica social, a obra de João Cabral pode ser considerada uma arma de longo alcance, que mantém a realidade sob a mira de uma visão não convencional, atingindo-a com os tiros certeiros da sátira. Nem a temática social, que já encontramos em *O cão sem plumas*, nem o alcance participante, que nesse mesmo poema se pode atribuir ao "Discurso do Capibaribe", são portanto privilégio de uma só água. As duas linhagens ou tipos de dicção, que aparecem no volume de 1956 mas que *O cão sem plumas* já continha, diferem não porque uma seja menos elaborada do que a outra. Ambas atendem a uma perspectiva de construção pela qual o poeta se distancia de si mesmo e das coisas, tornando-se um agente do discurso liberado da voz pessoal de seus sentimentos. O grau de construtividade é que varia de uma para outra, não chegando em *Morte e vida severina* ou em *O rio* a um mesmo adensamento temático e ao mesmo controle lógico do mecanismo das imagens que podemos notar em *O cão sem plumas*. Mas nesse poema, já marcado pela lógica da composição, que o guinda a um plano metapoético, pode-se também notar, seguindo-se a trilha de suas palavras-chave, de suas gradações enfáticas, de suas repetições anafóricas, nas rimas e no andamento do verso, uma pauta de altura vocal, uma impostação no dizer que aumentam o volume de sua comunicabilidade.

É precisamente sob o aspecto da comunicação, problema que tanto preocupa João Cabral e que vimos silhuetar-se na atitude de Anfion, que a diferença entre as "duas águas" pode ser estabelecida. Não são a quantidade de informação nem as qualidades formativas da poesia que estão em jogo na "segunda água", mas o aumento do volume e da área de sua comunicabilidade. Temos assim, em vez de duas espécies de poesia, dois tipos de dicção que se distinguem em função do destinatário e da modalidade de consumo do texto. Quanto mais construída for a poesia, mais dependente se torna, como na "primeira água", do mecanismo da linguagem escrita, e a sua comunicação, tendo por base a realidade factual do texto, solicita a leitura silenciosa e múltipla de um receptor individual. Quanto menor for o grau de construção, maior será a altura da dicção poética que se sobrepõe à linguagem escrita, recebendo o texto, nesse caso, que é o da "segunda água", um suprimento de oralidade que avoluma seu poder de comunicação e facilita sua difusão para alcançar um receptor coletivo e ser consumido coletivamente. Interpretamos assim a diferença que o próprio autor estabeleceu no esclarecimento preliminar a *Duas águas*:

> Duas águas querem corresponder a duas intenções do autor e – decorrentemente – a duas maneiras de apreensão por parte do leitor ou ouvinte: de um lado, poemas para serem lidos em silêncio, numa comunicação a dois, poemas cujo aproveitamento temático, quase sempre concentrado, exigem mais do que leitura, releitura; de outro, poemas para auditório, numa comunicação múltipla, poemas que, menos que lidos, podem ser ouvidos.

A distinção aí estabelecida, sem atingir o fazer poético, é uma distinção na tática de comunicabilidade. Trata-se de um princípio pragmático, deveras importante, para quem, como João Cabral, pretende retirar a poesia moderna de seu alheamento individualista.

3 O rio (1953)

Na última parte de *O cão sem plumas*, o objeto do discurso poético tornou-se discurso do próprio objeto, o Capibaribe, mas por intermédio do poeta, que é quem aí discorre sobre ele e por ele, interpretando a lição do desenrolar de suas águas. Em *O rio* ou *Relação da viagem que faz o Capibaribe de sua nascente à cidade do Recife*, a palavra transfere-se ao rio, ao mesmo cão sem plumas do poema anterior, que então discorre sobre seu próprio curso, assumindo o duplo papel de agente narrativo e de objeto da narração. Já agora o percurso e o discurso do rio se fazem simultaneamente como narração, pois o que narra esse protagonista, autor de sua própria crônica ou romance, são as etapas de seu percurso geográfico, monotonamente percorridas, com a fidelidade literal de quem fosse desenhando o mapa minucioso da região, de lugar a lugar, de povoação a povoado, de vila em vila, de cidade a cidade, até chegar ao Recife. Essa fidelidade de cartógrafo ou de escrivão profissional para o levantamento e o registro de dados, nenhuma referência poupa: da simples toponímia aos traços físicos da paisagem, das observações sobre a gente encontrada no caminho, e que também desce para o Recife, à descrição da terra e do que nela se cultiva. Sem pitoresco, o rio vê no agreste

A mesma dor calada,
o mesmo soluço seco,
mesma morte de coisa
que não apodrece mas seca.

E saindo do agreste entra na mata, onde, testemunha ocular, vê as terras de cana que foram terras de engenho. O percurso geográfico transforma-se numa incursão social. Fala-nos o rio dos imensos *partidos* a serviço das usinas. Seu relato, que não enfeita a paisagem com o róseo do pitoresco, possui os tons ásperos e monocórdios que insistem na monotonia das coisas presentes:

Tudo planta de cana
nos dois lados do caminho;
e mais plantas de cana
nos dois lados dos caminhos
por onde os rios descem
que vou encontrando neste caminho;
e outras plantas de cana
há nas ribanceiras dos outros rios
que estes encontraram
antes de se encontrarem comigo.
Tudo planta de cana
e assim até o infinito;
tudo planta de cana
para uma só boca de usina.

A aspereza do tom será, daqui por diante, o traço do humor que salienta o grotesco que há por baixo da monotonia; o objetivismo descritivo torna-se a ponta aguda e maliciosa da sátira:

Vira usinas comer
as terras que iam encontrando;
com grandes canaviais
todas as várzeas ocupando.
O canavial é a boca
com que primeiro vão devorando
matas e capoeiras,
pastos e cercados;
com que devoram a terra
onde um homem plantou seu roçado;
depois os poucos metros
onde ele plantou sua casa;
depois o pouco espaço
de que precisa um homem sentado;
depois os sete palmos
onde ele vai ser enterrado.

Essa boca de usina é a única a saciar sua fome – a única voraz, que realmente come e satisfaz seu apetite. Tudo o que existe em torno, cana ou gente, é devorado pela enorme boca da usura, que só a si própria não mastiga. Durante o resto do seu percurso, nada mais consegue ver senão pela imagem antropofágica da insaciável goela, mastigando casas e canaviais, com seus dentes que são homens, por ela também mastigados:

Para trás vai ficando
a triste povoação daquela usina
onde vivem os dentes
com que a fábrica mastiga.
Dentes frágeis, de carne,
que não duram mais de um dia;
....
Vi homens de bagaço
enquanto por ali discorria;
Vi homens de bagaço
que morte úmida embebia.

Produtos residuais da usura são esses homens de bagaço, que chegam ao Recife na companhia do rio. Toda uma gente apenas especificada, mas nunca individualizada: pequenos usineiros, antigos bangüezeiros e cassacos. Só o anonimato comum os define, definindo para todos a mesma condição impessoal, o mesmo destino coletivo dentro da outra grande boca voraz da cidade onde entraram. Tal como no poema anterior, o Capibaribe conhecerá, de passagem, o Recife pitoresco dos guias turísticos e sentimentais. Passa em frente dos casarões,

todos sempre ostentando
sua ulcerada alvenaria;
todos porém no alto
de sua gasta aristocracia
....

Depois, percorre a cidade anfíbia, com suas "casas de lama negra"; e passando entre elas o rio se animaliza para tomar a forma canina do ser de terra preta – o cão sem plumas – que é a mesma forma dos homens, de que ele sente a dor, sentindo-lhes a aparência

de ilhas de terra preta

Pela primeira vez um sentimento pessoal se incorpora às águas do Capibaribe. O rio vê, abrindo-se para devorar aqueles que ainda não foram devorados, a mesma boca de antes, reproduzida nas usinas locais, "fábricas como por aqui se apelidam". As vítimas são agora os habitantes sem nome – a gente inominada – do Recife pobre, cidade também sem nome, na qual a vida, estado de privação, a todos diminui, corrói e desagrega:

eles são gente apenas
sem nenhum nome que os distinga;
que os distinga na morte
que aqui é anônima e seguida.
São como ondas de mar,
uma só onda, e sucessiva.

Detém-se o rio entre essa gente, vinda do sertão e da caatinga, e que, por viver "no nível de lama e de água", comparte de sua natureza fluvial. Mas a "Fábula do Capibaribe", que aparecia em *O cão sem plumas*, não se repete. Aos companheiros de viagem, que não alcançarão o mar para onde ele agora vai, o Capibaribe dedica, com sua simpatia calada, e por todo conselho e recado

Somente a relação
de nosso comum retirar;

só esta relação
tecida em grosso tear.

A relação dessa viagem compõe-se como um registro severo, que é seco pela ausência de idealização da realidade, e pobre não só nos elementos como na forma de seu grosso e rude tecido prosaico.[41] Feito com os fios do verso de cinco a seis sílabas, entrecortados de dissonâncias, estridências e tons cavos, o tecido estira-se ao longo da prosa-percurso do rio. Não importam as repetições, os finais com as mesmas palavras, a dicção rasteira e lenta de rio de várzea, pouco ou nada elevada, e que a usura circunstante priva da musicalidade pura ou da contemplação do belo. No máximo, a litania de vilas e povoados que passam; no máximo, a enfiada de nomes das coisas, contrastando com a falta de nome da gente. *O rio*, fidedigno, que rasteja, só pode ver o que está à altura de suas águas chãs. Mas de tudo o que vê, dá correta notícia oral ao poeta, mencionado no texto como senhor da freguesia de Tapacurá, "que ia escrevendo o que eu dizia", e que portanto desempenha o humilde papel de escrivão.

A estrutura de *O rio* é a de um poema construído sob ditado, que conserva, na linguagem escrita, a mobilidade, a incompletude, os rodeios e as redundâncias da linguagem oral. Até mesmo nas variações de métrica, estampa-se algo de um improviso, de um momentâneo ditado. Temos assim, à primeira vista, uma mimese do estilo oral dos cantadores,[42] senão daquele romanceiro popular do Nordeste, de que *O rio* recebe o tom e o metro do verso. É desse estilo que o poema apreende os aspectos mais característicos, introduzindo-os no grosso tecido de seu texto. São as repetições, o ritmo monocórdio, o emprego constante do particípio presente, como no trecho:

41. "Aqui vemo-lo já fazer prosa em poesia (não prosa poética nem poema em prosa, mas poesia que fica do lado da prosa pela importância primordial que confere à informação semântica"). CAMPOS, Haroldo de. O geômetra engajado. *Metalinguagem*. Petrópolis: Vozes, 1967, p. 72.

42. Cavalcanti Proença estabeleceu significativa ligação entre a oralidade e a linguagem escrita nos romances ou poemas narrativos do Nordeste. Segundo ele, o romance é "composto oralmente e logo depois escrito pelo autor ou ditado a outrem, que o escreve. Nessa transposição da linguagem oral em gráfica surgem problemas de métrica, e a análise dos desajustes entre os vocábulos e o metro permite documentar certos aspectos da prosódia nordestina...". CAVALCANTI PROENÇA. Introdução. *Literatura popular em verso*: antologia, Tomo I. Rio de Janeiro: Ministério da Educação e Cultura/Casa de Rui Barbosa, 1964, p. 2.

Deixando vou as terras
de minha primeira infância.
Deixando para trás
os nomes que vão mudando.
Terras que eu abandono
porque é de rio estar passando.
Vou com passo de rio,
que é de barco navegando.
Deixando para trás
as fazendas que vão ficando.
Vendo-as, enquanto vou,
parece que estão desfilando.
Vou andando lado a lado
de gente que vai retirando;
vou levando comigo
os rios que vou encontrando.

Essa absorção do popular desce a raízes mais profundas, unindo-se às nascentes anônimas da época medieval castelhana, no *Cantar del Mio Cid* e nos romances posteriores do século XV, cuja escorreita simplicidade, com sua cadência larga e monótona, com seu andamento de prosa, ofereceu ao poeta um modelo de contenção que mais realce dá a imagens ocasionais e raras, porém nítidas e precisas, como nos *romanceros*. Essas raízes são as de uma arte literária com suas convenções próprias, distintas e anteriores às da epopéia renascentista e que, ao contrário desta, não contornaram os elementos prosaicos da existência social que a *mimese* de inspiração clássica abandonaria por pouco elevados ou nobres. Sem que se reedite a idéia romântica da produção espontânea e inconsciente desses e de outros poemas medievais, vê-se, por aí, o que há de comum entre a poesia tradicional castelhana e o romanceiro do Nordeste, que oscila entre a linguagem oral e a linguagem escrita.

A epígrafe de *O rio* – "Quiero que compongamos io e tú una prosa" –, extraída de Berceo, provém desse veio comum. Não será, então, descabido ir buscar, no mesmo clérigo espanhol, a intenção fundamental dessa prosa que resume o objetivo do discurso poético cabralino:

tolgamos la corteza, al meollo entremos,
prendamos lo de dentro, lo de fuera dessemos.[43]

43. BERCEO. Introducción de los milagres de Nuestra Señora. In: SCARPA, Roque Esteban. *Lecturas medievales españolas.* Chile: Zig-Zag, 1944, p. 132.

4 Morte e vida severina (1954-1955)

Ao *epos de O rio*, em que o discorrer acompanha o curso do Capibaribe transformando em agente narrativo, que depõe como testemunha visual sobre uma realidade oralmente descrita, sucede a personalização dramática em *Morte e vida severina*, Auto de Natal pernambucano, de um sujeito coletivo e passivo – a gente sem nome que baixou com o rio até o Recife. Patronímico dos mais freqüentes no Nordeste, o nome do personagem desse Auto, Severino, passa de substantivo próprio a comum. São *severinos* todos os retirantes que a seca escorraça do sertão e o latifúndio escorraça da terra. A palavra perde então seu caráter de substantivo, e o ser que ela designa sua substância: "severino" adjetivo qualifica a existência negada. Essa mudança de categoria gramatical, que corresponde a uma mudança de categoria na existência social, é a mesma com que já deparamos em *O cão sem plumas*, sob a forma do não ser permanente do homem. Pode-se, conseqüentemente, voltar ao nome em sua substantividade, mas já como gênero abstrato – a *severinidade* de uma situação humana de carência que designa igualmente todo aquele que dela participa. Um e muitos, o personagem do Auto, que se chama Severino, e que, como o rio, vem do sertão para desaguar nos mangues do Recife, abrange todos os outros incontáveis *severinos*

iguais em tudo na vida:
na mesma cabeça grande
que a custo é que se equilibra,
no mesmo ventre crescido
sobre as mesmas pernas finas,
e iguais também porque o sangue
que usamos tem pouca tinta.

Contraditoriamente, pois, Severino dá nome ao que é anônimo, ao que é vinculado, pela igualdade do anonimato, tanto na vida quanto na morte – morte e vida formando um todo em que a primeira envolve e determina a segunda. Assim, o personagem de *Morte e vida severina* é uma figura exemplar, como soem ser, nos autos, as *personae dramatis*, que representam tipos e encarnam princípios, num plano alegórico, de significado religioso-ético. O bem e o mal, o pecado e a graça nos mistérios, como figurações típicas, são substituídas, no Auto de Natal pernambucano, pela Vida e pela Morte, que dialogam no plano alegórico do *drama pastoril*, mas provido este, como se verá depois, de um novo conteúdo, que inverte o estrito sentido religioso e sobrenatural de sua mensagem natalina.

É a alegoria natalina do pastoril, forma dramática folclórica arraigada ao estrato rural de nossa sociedade, e particularmente ativo no Nordeste, que se decompõe no Auto de Natal pernambucano.

Como o de *O cão sem plumas* e de *O rio*, o tema de *Morte e vida severina* é regional. A rigor, seu enunciado completo, que já se encontra no próprio título do Auto,[44] é explicitado pela espécie de ação que condiciona a unidade e a diversidade do drama: a viagem de Severino retirante do sertão para a cidade, por sua vez uma variante do percurso do Capibaribe, como se pode constatar pela reiteração, com pequenas mudanças, de entrechos de *O rio* em *Morte e vida severina*. Ambos os poemas apresentam o mesmo episodismo da viagem que se realiza por etapas; é a ambos comum a mesma matéria referencial: a toponímia, os elementos econômicos (plantações de cana, engenhos e usinas) e os elementos geográficos (rios, paragens do sertão, o agreste, a caatinga, a mata). Num sentido mais amplo, a viagem, que nos dois poemas descerra o mesmo quadro de relações de produção uniformes, dominadas pelo sistema da grande propriedade, termina quando o sertanejo passa da condição de camponês à de subproletário, nos mocambos da cidade. Mas enquanto em *O rio*, em que se dá ênfase à decadência histórica dos engenhos substituídos por usinas, o sistema econômico, abstratamente apresentado, projeta-se na imagem grotesca da boca omnidevorativa da usura, em *Morte e vida severina* particulariza-se mais o fenômeno da grande propriedade territorial, sendo o latifúndio expressamente referido como dado material próximo, fonte de tensões dramáticas, que a existência dos indivíduos interioriza. Em compensação, outros elementos, ausentes do primeiro poema, como os étnicos e os folclóricos (*excelências*, rezadeiras, velórios, enterramentos), alargam o anterior quadro da existência social, trazendo à baila, no sentimento de vingança, na violência generalizada, na conformação à morte, uma realidade mais rica, mais intensa e extensa em motivações épico-dramáticas, sem que o episódio seja mero episodismo decorativo.

44. "...mais que a história de Severino retirante, o poema é um desdobramento por dentro do que significa a imagem *morte e vida severina*". COSTA LIMA, Luís. *Lira e antilira*. Rio de Janeiro: Editora Civilização Brasileira, 1968, p. 323.

Fadário do retirante, que procura vida e encontra morte; paradigma da penúria, que é a morte em vida, banalizada como prosa do cotidiano; esperança, renovada a cada passo, da morte em meio à miséria; afirmação da vida que o sofrimento espessa (o real espesso de *O cão sem plumas*); provação do sofrimento transformado em capacidade de luta – são as gradações temáticas do Auto de Natal pernambucano de João Cabral, que a idéia de *severidade* ou de *severinidade* na vida e na morte compõe. Mas podemos subir ainda mais nessa escala temática até alcançarmos o nível da possibilidade trágica em que o ser severino parecia confundir-se com a vítima de um destino cego e fatal, produto de forças adversas e incontroláveis, não fosse a paragem e o desvio da ação, permitidos pela estrutura do drama, que é, ao mesmo tempo, *bivalente, mista, didática* e *aberta*.

O texto foi buscar nos pastoris, além do suprimento de oralidade que o qualifica na "segunda água", como poema para ser lido, uma perspectiva teatral que o destina à representação cênica. Tem ele marcante ambivalência de estrutura: *narrativo*, quanto ao encadeamento e ao caráter episódico das cenas que o compõem, e *dramático*, quanto ao caráter geral da ação que se desenrola nessas cenas. Cabe ao personagem a iniciativa de começar o relato de sua história, cujo desenvolvimento, apresentado em quadros sucessivos, precedidos de entrechos narrativos que descrevem antecipadamente um acontecimento ou uma situação, produz-se sob diversas formas: monólogos, diálogos, lamentos e elogios.

Seis monólogos de Severino garantem ao curso descontínuo da ação desenvolvimento ascendente, que atinge o clímax da tragédia quando o personagem, desesperançado, decide suicidar-se nas águas do Capibaribe. Esse clímax aprofunda-se com o diálogo de Severino e seu José, habitante dos mangues, e interrompe-se bruscamente com a interferência de uma mulher, que vem anunciar o nascimento de um menino. Daí por diante, Severino retira-se da ação de que participa e passa a presenciar uma outra – a comemoração natalina –, representada para ele e apresentada ao espectador como um auto de Natal dentro do Auto propriamente dito, que suprime neste o ritmo da tragédia, substituindo-o pelo da comédia.[45]

45. Comédia no sentido, que lhe dá Suzanne Langer, de estrutura significativa: "...the immediate sense of life is the underlying feeling of comedy". LANGER, Suzanne. *Feeling and form*: a theory of art. London: Routledge and Kegan Paul, 1953, p. 327.

É fácil perceber, por essa diferença de ritmo, a composição mista do drama, que se perfaz em dois movimentos simétricos, nos limites da oposição entre morte e vida compreendida pelo próprio título do Auto: o da viagem de Severino até o Recife, pesado e sombrio, que corresponde à morte; o do outro auto natalino, leve e alegre, que corresponde à vida. A cada um desses movimentos ou partes pertence um dado tipo de temporalidade. O da primeira é o tempo como desgaste dos seres e das coisas, um tempo destrutivo e não cumulativo, que não se dá como aproximação natural à morte e sim como antecipação dela. No monólogo que marca o clímax, Severino exprime essa temporalidade invertida e roubada:

E chegando, aprendo que,
nessa viagem que eu fazia,
sem saber desde o sertão,
meu próprio enterro eu seguia.
Só que devo ter chegado
adiantado de uns dias;
o enterro espera na porta:
o morto ainda está com vida.

O segundo tipo de temporalidade é a suspensão mítica do tempo no instante festivo de uma epifania. Aqui o auto dentro do Auto retoma os tradicionais quadros e personagens do pastoril ou pastoral. Podemos até mesmo estabelecer, quase que de cena a cena, os traços analógicos desse parentesco formal que as mudanças de figuras e situações apenas conseguem disfarçar: uma mulher do povo substitui o anjo da Anunciação; os vizinhos, com seus elogios, tomam o lugar dos anjos que guardam e adoram o menino, e, com seus presentes, o dos reis magos; o mocambo é o presépio do Menino-Deus, e seu José, São José. Mas a retomada dessas formas tradicionais não é uma repetição delas, visando a introduzir no poema dramático a nota documental de realismo folclórico ou a valorização estética de um estilo que, muito embora fossilizado e híbrido em relação à cultura urbana, ainda exerce função ideológica nas zonas rurais em que se fixou. Nesse caso, o pastoril, como ato de comemoração religiosa, é também um gesto de consagração da sociedade; festejando o advento da redenção sobrenatural do gênero humano, na apoteose dramática de seu estilo álacre, o pastoril transfigura a situação social dos indivíduos. O auto sacramental produziria assim um efeito oblíquo, sacralizando a ordem social existente e a posição que os indivíduos ocupam nela.

Essa função ideológica é neutralizada em *Morte e vida severina*, seja pelo expediente de se enxertar no poema motivações contrárias, que quebram o automatismo do comportamento religioso tradicionalista, seja pela ironia do nascimento da criança entre os habitantes do mangue, cujo destino, segundo as previsões das ciganas que vêm ler-lhe a sorte, partilhará da penúria comum. Pode-se notar a enxertia das motivações contrárias à propensão ideológica da forma usada, na passagem das *excelências*, na primeira parte. Essa lamentação fúnebre não é cantada em uníssono pelos presentes ao velório de um trabalhador. À litania consagrada, vozes discordantes opõe a linguagem negativa, que revela o processo real de desgaste e privação por nós acompanhado em poemas anteriores e que tende a reduzir o ser ao não-ser:

– Finado Severino,
quando Passares em Jordão
e os demônios te atalharem
perguntando o que é que levas...
– Dize que levas cera
capuz e cordão
mais a Virgem da Conceição.
– Finado Severino,
etc...
– Dize que levas somente
coisas de não:
fome, sede, privação.

A criança que nasce no mangue é uma criança qualquer. Filha de Severino, também levará uma existência severina. Louvam-na o céu e a terra; os casebres transfiguram-se, virando "mocambos modelares". Mas as implacáveis ciganas antevêem o menino

Com os porcos nos monturos,
com os cachorros no lixo.

e o homem que ele vai ser, um operário sujo de graxa, capaz de conquistar, pelo trabalho uma nova condição,

que é mudar-se destes mangues
daqui do Capibaribe
para um mocambo melhor
nos mangues do Beberibe.

Essa ironia aguda desfaz a opacidade da forma do pastoril, impondo-lhe um grau suficiente de translucidez à situação humana, mostrada em si mesma e por si mesma, como realidade impura e rasa, sem os focos regeneradores da transcendência que a elevam e sublimam. Dessa forma, a ação dramática que se realiza é, também, "uma ação pedagógica",[46] que suprime a função ideológica do pastoril, extraindo deste um efeito didático, uma lição aprendida: a experiência da condição severina é a experiência de seu possível ultrapassamento.

Quando termina o auto dentro do Auto, seu José reata com Severino o diálogo interrompido. À filosofia do desespero e do suicídio vivida pelo retirante, seu José responde com a necessidade de afirmação da vida, figura didática extraída da alegoria natalina, e que implica numa negação do estado de existência para o indivíduo. Aprende-se, com tal desfecho, que a condição Severina não é permanente, que a severinidade constitui uma entificação determinada de fora para dentro. Assim como, no curso do drama, a tragédia foi interrompida pela comédia, esta interrompe a ação sem finalizá-la, deixando-nos descortinar, como cumpre à poesia fazê-lo, um outro possível plano de ação aberto pelo primeiro, e entregue, para além da linguagem e de sua realidade textual, à responsabilidade ética decisória dos indivíduos. A implosão da vida severina poderá transformar-se em explosão.

5 Paisagens com figuras (1954-1955)

O forte traçado construtivo que surpreendemos em *O cão sem plumas* continua, nos limites da "primeira água", em *Paisagens com figuras,* cujos poemas datam do mesmo período de elaboração de *Morte e vida severina.* Mais apurada e rigorosa, a poesia de *Paisagens com figuras* desenvolve-se sob a plena consciência da natureza lingüística do fenômeno poético, que permite controlar reflexivamente o efeito da apreensão verbal, subordinada quase sempre a um segundo plano, metalingüístico. Está o poeta construtor situado entre dois níveis de linguagem: movimenta-se de um para o outro e os articula no todo arquitetônico de um discurso único.

46. BRECHT, Bertold. Théatre récréatif ou théatre didactique. *Écrits sur le théatre.* Paris: L'Arche, 1963.

Um poema de *Paisagens com figuras*, como "Imagens em Castela", começa postulando uma imagem hipotética que nos dá, à semelhança do início de *O cão sem plumas*, um *molde descritivo*. Dessa vez, porém, a hipótese metalingüística, que estabelece a gênese da imagem e seu processo de desenvolvimento, está centrada na etimologia da palavra *meseta*. O significado etimológico desse vocábulo, que é um outro vocábulo, será o eixo verbal da construção:

Se alguém procura a imagem
da paisagem de Castela
procure no dicionário:
meseta *provém de mesa.*

É uma paisagem em largura,
de qualquer lado infinita.
É uma mesa sem nada
e horizontes de marinha.

Esses versos, que primeiramente nos dizem onde encontrar a imagem de que eles próprios se servirão, são versos descritivos em torno de uma paisagem. Mas observemos que no nível de linguagem em que estão colocados, a descrição, em vez de mencionar diretamente os elementos da paisagem, discriminando-os entre si, na atitude natural de quem fala das coisas que vê ou que viu, afasta-se da experiência em termos de realidade empírica imediata. A paisagem, como objeto de uma primeira experiência, é contornada pela paisagem como objeto de conceito. O dado primordial, que levará à imagem que se busca e ao seu desdobramento subseqüente, é o conceito "mesa". Depois se recorrerá a outros conceitos, "infinito" e "nada", contrapostos à nota pictórica "horizontes de marinha". Já ao fim da segunda quadra, a paisagem descrita se nos apresenta abstratificada, no plano intelectual de "cosa mentale".

Essa abstratificação corresponde a um dos pólos da experiência reflexivo-construtiva de João Cabral. O outro, que subsiste sempre e no qual se fundamenta aquele, é o pólo do sensível e do concreto. Não com uma trama de conceitos, mas com uma tessitura de abstração e concretude que rebate o conceito ao plano da imagem e faz subir a imagem visual ao do conceito. Já se diz, a partir do fim da segunda estrofe, que a paisagem:

....
É uma mesa sem nada
e horizontes de marinha

posta na sala deserta
de uma ampla casa vazia,
casa aberta e sem paredes,
rasa aos espaços do dia.

A amplitude e o desolamento físico da *meseta* castelhana nos são sugeridos por uma acumulação de conceitos – mesa, sala deserta, casa vazia, casa aberta – por sua vez usados como objetos concretos e servindo, a esse título, para mediar novos paralelos ou comparações sucessivas e encadeadas. "Casa" e "mesa" receberam especificações que os singularizam, multiplicando-se as coordenadas espaciais de sua localização. Quando o poeta volta a ocupar-se de "mesa" é para referi-la como *imagem de imagem*, isto é, como imagem que se desdobrou da anterior e que, por sua vez, se desdobrará em outros componentes da *paisagem de Castela*. Essa transição pode ser observada na passagem da terceira para a quarta estrofe e da quarta para a quinta:

Na casa sem pé direito,
na mesa sem serventia,
apenas, com seu cachorro,
vem sentar-se a ventania.
E quando não é a mesa
sem toalha e sem terrina,
a paisagem de Castela
num grande palco se amplia:

A "mesa sem serventia", ramificada de "mesa sem nada", que substituiu *paisagem*, autonomiza-se na quarta estrofe e liga-se, de novo, na quinta à paisagem de Castela. Se relermos agora todos os versos citados, verificamos que da tessitura do abstrato e do concreto resultou uma esquematização visual ou plástica do objeto descrito que a percepção dimensiona.

Pode-se afirmar que o "riguroso horizonte" de Jorge Guillén, que João Cabral divisou, é preenchido por uma espécie de dupla clareza: a da construção das imagens no discurso e a da própria imagem, transparente à presença das coisas vistas. Uma profunda diferença de concepção, separando Jorge Guillén de

João Cabral,[47] sobressai no diferente alcance que a abstratificação da imagem atinge num e noutro. Enquanto em Guillén a abstração, recaindo sobre as coisas vistas, predomina até levá-las às bordas do invisível, em que se diluem, em João Cabral a abstração é um meio exploratório do visível. As paisagens do autor de *Perfección del círculo* são "paisagens de conceitos", que rarefazem o real perceptivo.[48] É como se, em Jorge Guillén, a abstração trabalhasse para limar nas imagens a diversidade das coisas, afinal tragadas num vórtice de idéias. Assim, em "noche de luna", as múltiplas imagens de luminosidade, de brancura e de espuma fundem-se numa "*voluntad de lo leve*" ou em uma difícil delgadez, que provoca a interrogação:

Busca el mundo una blanca,
Total, perene ausencia?

Voltemos a "Imagens em Castela". Os objetos que formam o esquema visual plástico destacam-se, por meio de atributos negativos, sobre um fundo vazio, que ainda mais realça a concretude deles (a mesa é sem nada, a sala deserta, a casa vazia e sem paredes). Novamente são tomados esses mesmos objetos, cujos atributos se especificam: a mesa sem serventia ou sem toalha ou sem terrina, a casa sem pé direito. Depois, quando a paisagem de Castela cai sob o foco dessas imagens, o "grande palco" em que ela se amplia reveste-se das proporções de uma forma pregnante, de figura cheia sobre um fundo vazio:

No palco raso, sem fundo,
só horizonte, do teatro
para a ópera que as nuvens
dão ali em espetáculo:

palco raso e sem fundo,
palco que só fosse chão,

47. "El mundo que nos representa Jorge Guillén, el mundo que el há visto y traduce es uma totalidad perfecta. Está regido por la harmonía y expresado en plenitud". ALONSO, Dámaso. *Poetas españoles contemporaneos*. Gredos, Madrid: Editorial, 1952. A plenitude das coisas, o "esplendor objetivo" delas em Guillén é, antes de tudo, como mostra Costa Lima, plenitude do verso e da poesia. "Melhor dito, implica a indistinção entre verso e realidade: o real inexiste para o poeta a não ser como matéria a ser poeticamente recebida e trabalhada". COSTA LIMA, Luís. *Lira e antilira*, op. cit, p. 290.

48. "Es ist eine Landschaft der Begriffe: Höhe, Weiss, Erwartung, Wille, Dünne". FRIEDRICH, Hugo. *Die Struktur der Modernen Lyrik (von baudelaire bis zur Gegenwart)*. Hamburg: Rowohlt, 1956, p. 139.

agora só freqüentado
pelo vento e por seu cão.

É o esvaziamento da poética negativa, agora exteriorizado e agenciando um método de descrição que também vamos encontrar em "O vento no canavial":

É anônimo o canavial,
sem feições, como a campina;
é como um mar sem navios,
papel em branco de escrita.

É como um grande lençol
sem dobras e sem bainha;
penugem de moça ao sol,
roupa lavada estendida.

Num movimento pendular, que marcaria desde então sua obra, o poeta pernambucano oscila entre a paisagem de Espanha e os canaviais do Nordeste. Os motivos espanhóis alternam com os nordestinos. Em *Paisagens com figuras*, Castela e canaviais, cemitérios pernambucanos e toureiros, o campo de Tarragona e o alto do Trapuá são figuras topológicas diversas que renovam, de outros pontos de vista e segundo a técnica construtiva que se vai tomando mais segura, a mesma paisagem temática descortinada na "segunda água", cujo envolver acompanhamos de *O cão sem plumas* a *Morte e vida severina*. A sobreposição geográfica de duas regiões não se faz apenas medindo-se uma e outra pela escala comum de suas identidades físicas ou ecológicas. É a visão da idêntica existência severa ou severina que lhes molda a topologia num só mapa, com os mesmos relevos e acidentes, sejam estes rios ou cidades, deserto ou vegetação. A descrição da cidade nordestina, em "Pregão turístico do Recife", avança por etapas, cada uma das quais representa secção de um tema desenvolvido em movimento espiralado: do mar passamos à luz do Recife, dos velhos sobrados da cidade ao equilíbrio de sua arquitetura, desta ao "rio indigente" e, mais uma vez, à humanidade estagnada das margens do Capibaribe, com a qual, não obstante, e tal como em *Morte e vida severina*,

podeis aprender que o homem
é sempre a melhor medida.

Mais: que a medida do homem
não é a morte mas a vida.

Paralelamente, a última imagem de Castela, no poema que antes analisamos, no qual o mecanismo de exaustão da poética negativa espacializa o vazio, como *fundo* que realça a *figura* pregnante da paisagem, converge o esvaziamento em carência ou escassez:

No mais, não é Castela
mesa nem palco, é o pão:
a mesma crosta queimada,
o mesmo pardo no chão;
....
....
e mais: por dentro, Castela
tem aquela dimensão
dos homens de pão escasso,
sua calada condição.

Nessa paisagem multicêntrica, o vale do Capibaribe, tanto espanhol como nordestino, é "cena para cronicões,/para épicas castelhanas". Mas de um lado e de outro, estamos nas margens da mesma espécie de existência negada, "que se dá de dia em dia,/que se dá de homem a homem,/que se dá de seca em seca,/ que se dá de morte em morte".

O acento distintivo do humor, que podemos surpreender na conversa de Severino com a rezadeira e no diálogo dos coveiros do Auto de Natal pernambucano, marca, em *Paisagens com figuras*, a temática regional, já nossa conhecida. O timbre desse humor é o sarcasmo. Para quem o vê do alto, ou por uma visão distanciada equivalente, o sertanejo é espécie rara, "bem estranha", que mal se distingue da flora circundante:

Tem algo de aparência humana,
mas seu torpor se vegetal
é mais da história natural.
("Alto do Trapuá")

Na perspectiva desse humor ferino, enquadram-se as imagens de efeito cortante, secas e agudas, membros de uma mesma família a que pertencem vários dos poemas de *Paisagens com figuras*. Só um deles, porém, "Diálogo", precursor de *Uma faca só lâmina*, tematiza essas imagens, figurando de modo geral e a partir de exemplos concretos as propriedades que lhes são comuns:

A – O canto da Andaluzia
é agudo como seta
no instante de disparar
ainda mais aguda e reta.

B – Mas quem atira essa seta
de tão penetrante fio
pensa que a faca melhor
é a que recorta o vazio.

A – É um canto em que se sente
o que uma espada no frio,
desembainhada, sem mesmo
ter ferrugem como abrigo.
....

Estudo poético de uma idéia abstrata, que é a própria agudeza, o lado cortante das coisas, as primeiras estrofes de "Diálogo" que singularizam e coisificam esse universal. É como se a idéia se fizesse objeto e o objeto se corporificasse numa essência. O cântico da Andaluzia, analisado sob as espécies perfurantes e cortantes de *seta*, *faca*, *espada*, singulariza a idéia de agudeza. Mas esta, por sua vez, retomada em outro plano, exemplifica outra essência, a do *nada* ou do *vazio*, que se singulariza na luta

....
entre o toureiro e o touro,
vazia, embora precisa,

em que se busca afiar
em terrível parceria
no fio agudo de facas
o fio frágil da vida.

As duas idéias, a de *agudeza* e a de *nada* ou *vazio*, convergem, afinal, na imagem da *faca*, palavra-coisa que as identifica e que melhor as individualiza.

6 *Uma faca só lâmina* (1955)

O canto da Andaluzia e a luta entre o toureiro e o touro, no poema anterior, figuraram as idéias de *agudeza* e *vazio*, por sua vez individualizadas na lâmina das facas. Se o primeiro é agudo em razão de sua tonalidade patética, alta e cortante, a segunda tem a agudeza do risco que o toureiro corre, expondo o fio de sua vida de encontro às lâminas cortantes da vítima inimiga. Nessas imagens cruzadas transparece um mesmo sentimento, um mesmo *pathos* da inquietação, que alteia o conto e conduz o toureiro à arena – *pathos* que também atravessa a alma do poeta quando ele se arrisca a manter, sobre o papel em branco, a luta aberta com e contra as palavras. Não evocando um sentimento pessoal, tais imagens traduzem, em conjunto, um modo geral da sensibilidade afetiva. São o *eidos* da inquietação que restou dos estados afetivos particulares depois que foram esvaziados e seus conteúdos passageiros e contingentes, cristalizando-se no estilo resseco de "Diálogo", análogo à tonalidade do cantar andaluz e ou estilo agressivo e arriscado do toureador. *Uma faca só lâmina* pertence a esse modo da sensibilidade afetiva.

Considerado um modelo da poética de João Cabral, *Uma faca só lâmina* teria como tema o próprio processo de composição, expressamente focalizado e fenomenologicamente desenvolvido.[49] Mas se, conforme temos insistido, o processo de composição, exposto na transparência da linguagem, que não oculta seu mecanismo, é um dado efetivo da poesia cabraliana, não se terá dito tudo de *Uma faca só lâmina* – cuja forma, mais depurada e rigorosa, segue a linha de construtividade de *O cão sem plumas* – quando se reduz seu tema à exposição operatória do ato poético. Podemos identificar nele, tal como no outro, a presença exposta dos andaimes de construção. Só que em *Uma faca só lâmina*, o *molde descritivo*, em vez de postular, como matriz lógica das metáforas, uma série de relações de equivalências, postula um conjunto de três símiles encadeados, relacionando três termos distintos entre si, que são *bala*, *relógio* e *faca*:

Assim como uma bala
enterrada no corpo,
fazendo mais espesso

49. Nesta obra, "a psicologia vira fenomenologia da composição". CAMPOS, Haroldo de, op. cit, p. 73.

um dos lados do morto;
..
igual ao de um relógio
submerso em algum corpo,
ao de um relógio vivo
e também revoltoso,
....
assim como uma faca
que sem bolso ou bainha
se transformasse em parte
de vossa anatomia;
....

Desse intróito, de onde saem os três comparantes (bala, relógio e faca), está ausente o comparado. Nos nove blocos seguintes – de A a I – esses termos comparantes são descritos como objetos que se correspondem por traspasse de suas respectivas qualidades materiais, suprindo metaforicamente a coisa comparada. Ocorre porém que a coisa de que nos aproximamos, pelos seus suplentes metafóricos, é por eles designada como ausente. Tais objetos substitutivos não apenas representam, de maneira precária e insuficiente, essa realidade ausente, mas referem-na como algo cuja realidade consiste numa ausência:

A

Seja bala, relógio,
ou lâmina colérica,
é contudo uma ausência
o que esse homem leva.

É uma ausência ativa, cortante, que nos leva de volta às duas idéias convergentes de "Diálogo": a *agudeza* e o *nada* ou *vazio*, singularizadas no canto da Andaluzia e na tourada, e que a imagem da faca individualizou. O *pathos* da inquietação, de que são imagens em diferentes graus de concretude a luta entre o toureiro e o touro, o canto andaluz e a lâmina das facas, é agora também configurado, nesse outro poema, pelo relógio e pela bala:

Mas o que não está
nele está como bala:
tem o ferro do chumbo,
mesma fibra compactada.

Isso que não está
nele é como um relógio
pulsando em sua gaiola,
sem fadiga, sem ócios.

Isso que não está
nele está como a coisa
presença de uma faca,
de qualquer faca nova.

O sentimento de inquietação, obsessivo quando permanente, é o sentimento de uma ausência impreenchível, que cai no vazio de sua própria avidez:

Por isso é que o melhor
dos símbolos usados
é a lâmina cruel
(melhor se de Pasmado):

porque nenhum indica
essa ausência tão ávida
como a imagem da faca
que só tivesse lâmina,

nenhum melhor indica
aquela ausência sôfrega
que a imagem de uma faca
reduzida à sua boca,

que a imagem de uma faca
entregue inteiramente
à fome pelas coisas
que nas facas se sente.

A dialética da inquietação é a mesma dialética de desejo e da "idéia fixa";[50] seu modo de ser é um não-ser ativo. Ela se faz com o que não faz, refazendo-se, porém, a cada passo, por obra de sua própria carência:

50. *Uma faca só lâmina (ou: a serventia das idéias fixas)*, lê-se agora na edição das *Poesias completas* (1968). Essa alternativa, à guisa de advertência, não figura no título do poema da primeira vez em que foi publicado (*Duas águas*, 1956).

B

Das mais surpreendentes
é a vida de tal faca:
faca ou qualquer metáfora,
pode ser cultivada.

E mais surpreendente
ainda é a sua cultura:
medra não do que come
porém do que jejua.

Podes abandoná-la
essa faca intestina:
jamais a encontrarás
com a boca vazia.

Em seu facetamento prismático, *Uma faca só lâmina* descreve, pois, por objetos interpostos, de que *bala*, *faca* e *relógio* são casos exemplares, as fases, o dinamismo, a irrupção, o recesso, a atmosfera e a influência de um sentimento dominante, intenso, passional, que se implanta na carne e na alma, absorvendo a vida inteira do indivíduo. Em vez de passionalizar sua linguagem, evocando um ou vários momentos patéticos de sua experiência, João Cabral faz a morfologia (ou a fenomenologia) desse sentimento de inquietação, que atinge na luta do poeta com e contra as palavras, especificada na parte H do poema, uma de suas formas extremas:

Quando aquele que os sofre
trabalha com palavras,
são úteis o relógio,
a bala, e, mais, a faca.
....
Pois somente essa faca
dará a tal operário
olhos mais frescos para
o seu vocabulário
e somente essa faca
e o exemplo de seu dente
lhe ensinará a obter
de um material doente
o que em todas as facas
é a melhor qualidade:
a agudeza feroz,
certa eletricidade,

mais a violência limpa
que elas têm, tão exatas,
o gosto do deserto,
o estilo das facas!

A imagem de *faca* torna-se, nesse poema, um acumulador de outras imagens,[51] determinando para o objeto respectivo a função emblemática de palavra-tema, que passará a outros poemas, conotando toda natureza cortante, aguda, penetrante ou agressiva, seja das coisas e da linguagem, seja de estados e de atitudes humanas. Ela pertencerá ao grupo das palavras privilegiadas na poesia de João Cabral, como *pedra* e *cabra*, que são ao mesmo tempo substantivas e adjetivas. Há uma condição *pedra*, de dureza, de resistência moral, como há uma natureza *cabra*, de conformismo inconformado, e a propriedade *faca*, da lucidez insaciável, que fere, impiedosa, a todo aquele que padece do gume de sua inquietação.

No epílogo de *Uma faca só lâmina*, seqüência de oito quadras em itálico, em que se repete, simetricamente, a disposição do intróito, a raiz dessa inquietação nos é desvendada por um movimento inverso ao da constituição inicial dos símiles. É uma retrocessão de comparante a comparante, que vai do último – a imagem da faca – ao primeiro – a imagem da bala.

E daí à lembrança
que vestiu tais imagens
e é muito mais intensa
do que pôde a linguagem,
....

Nessa retrocessão, patenteia-se a natureza simbólica de toda linguagem, confrontada com dois momentos da experiência reflexiva: no primeiro, com a atualização ou presentificação da coisa na lembrança, e no segundo com a própria coisa no instante de sua apreensão perceptiva, quando ela se dá corporalmente como realidade

....
prima, e tão violenta

51. Acumulador, mas não no sentido de veículo destinado a evocar um puro estado emotivo. Desviando-nos, nesse ponto, da interpretação de GARCIA, Othon Moacir, em seu admirável estudo A página branca e o deserto. MELO NETO, João Cabral de. *Revista do Livro*, n. 8, Rio de Janeiro, 2(7): 59-71 e 2(8): 75-84, set.-dez. 1957; 3(9): 43-59 e 3(10): 85-102, mar.-jun. 1958.

que ao tentar apreendê-la
toda imagem rebenta.

Essa realidade perceptiva, pré-lingüística, dimensiona a própria linguagem, mas como um horizonte que indefinidamente recua à medida que a linguagem avança. Não completamente abrangido pela linguagem, o horizonte da percepção mostra-se por meio dela nessa diferença infinitesimal constante, que separa e une, num só ato, o símbolo ao simbolizado, o significante ao significado, a imagem da coisa à própria coisa.[52] É a própria atitude do poeta em relação ao mundo e à poesia a raiz da inquietação que *Uma faca só lâmina* descreve. Em razão da natureza simbólica da linguagem e do horizonte perceptivo que a circunscreve, ambos assumidos pela poética de João Cabral, a caça às imagens, sempre deceptiva, mas sempre exigida pelo caráter multissimbolizável da realidade, é como a caça ao Snark. Quanto mais se amplia a rede verbal de que é feito e com que se tenta caçá-lo, mais ele escapa por suas malhas.[53] Esse paradoxo da linguagem, que a poesia aviva e que nela se extrema, alimentando a inquietação do caçador, já está dado no próprio título do poema, pois uma faca só lâmina – sem cabo – vem a ser uma imagem da ausência e da incompletude, que mais aumentam quanto maior o golpe com que a faca da linguagem recorta as coisas e penetra na sua carnadura perceptiva, feita de mil camadas verbais.

7 Dois parlamentos[54] (1958-1960)

Após a experiência de *Uma faca só lâmina*, João Cabral volta ao estilo oral da "segunda água" com *Dois parlamentos*:

52. "...le sens est pris dans la parole et la parole est l´existence extérieure du sens". MERLEAU-PONTY. *Phénoménologie de la perception*. Paris: Gallimard, 1945, p. 212.

53. CARROLL, Lewis. *The hunting of the Snark*.

54. *Dois parlamentos*, concluído em 1960 e publicado em Madrid (1961), é posterior a *Quaderna*, concluído em 1959 e publicado em Lisboa (1960). Ambos foram reunidos a *Serial*, ainda inédito, no volume *Terceira feira* (Rio de Janeiro, 1961). Colocando, por uma razão de coerência expositiva, *Dois parlamentos* antes de *Quaderna*, só aparentemente forçamos a cronologia, uma vez que, de acordo com o método rotativo do poeta, que lhe permite, ocasionalmente, ocupar-se do andamento desta ou daquela composição de uma série planejada, as fases de elaboração dos poemas dessas duas coletâneas recortam-se sincronicamente em determinados períodos. É interessante observar a sincronia no trabalho poético de João Cabral. Nos diagramas abaixo das fases desse trabalho, vêem-se não só os períodos que se recortam, como também, no hiato de dois anos que se seguiu a *Psicologia da composição*, antes do salto decisivo de

"Congresso no polígono das secas" (ritmo senador; sotaque sulista) e "Festa na casa grande" (ritmo deputado; sotaque nordestino). Mas esse estilo, que atende, segundo vimos, a uma tática de comunicação, abandona, nesses dois poemas, a forma épica da narração e a forma dramática do Auto para adaptar-se, sem perda das características de ênfase oral, à de construção consolidada em *Uma faca só lâmina*.

Neste último poema, as imagens sucessivas e permutantes de objetos concretos – *bala*, *relógio* e *faca* – com a substante presença de coisas, serviram para presentificar, pelas suas próprias qualidades descritivas, a partir da rede de símiles por eles formada, a essência negativa da inquietude. As várias imagens dos objetos interpostos, e sobretudo a de *faca*, aparecem aí como "imagem de furor", configurando a ausência, o vazio indormido e ativo do sentimento de inquietação, que é o tema de *Uma faca só lâmina*. Entre a faca só lâmina, objeto que, melhor que qualquer outro, indica "aquela ausência sôfrega", e o tema, que é essa mesma inquietude, há envolvimento recíproco. Na textura prismática da composição, as faces do objeto, que é coisa concreta, correspondem aos aspectos complementares do tema sobre o qual ela versa.

Essa correspondência, nivelando tema e objeto, com que já deparamos tanto em *O cão sem plumas* quanto em *O rio*, reaparece sob outra forma em *Dois parlamentos*. O assunto do primeiro dos dois poemas, *Congresso no polígono das secas*, não é novo. Voltamos com ele a um dos motivos prediletos de *Paisagens com figuras* – os cemitérios do Nordeste – e ao tema já conhecido – a morte severina – que passará a integrar as qualidades desse objeto, generalizado e entificado:

– Cemitérios gerais
onde não só estão, os mortos.
– Eles são muito mais completos

O cão sem plumas, a divisória entre a etapa de crise interna e a de experiência de construção. Já nesta, o novo interregno, na bifurcação das "duas águas", antes de *O rio*:

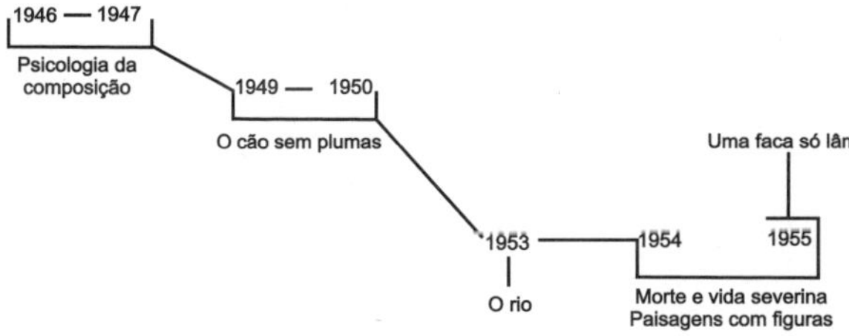

do que todos os outros.
– Que não são só depósito
da vida que recebem, morta.
– Mas cemitérios que produzem
e nem mortos importam.
– Eles mesmos transformam
a matéria-prima que têm.
– Trabalham-na em todas as fases,
do campo aos armazéns.
– Cemitérios autárquicos,
se bastando em todas as fases.
– São eles mesmos que produzem
os defuntos que jazem.

Recobrindo o tema com seus sucessivos movimentos e a cada giro mostrando uma face dele, o objeto tem a generalidade de uma idéia na qual a extensão e a compreensão se distinguem. Pela sua extensão, os cemitérios gerais são os cemitérios todos da região do Polígono das Secas; pela sua compreensão, definem-se eles por certos atributos ou qualidades correspondentes a conceitos determinados: produção autárquica, coletivismo, grandes números estatísticos, morte em série, assepsia natural das tumbas que formam um só ossuário geral, etc. Tal como *faca*, *severino*, *cabra* ou *pedra*, a palavra *cemitério* essencializa-se, ganhando função adjetiva. O Polígono das Secas é região *cemitéria*, onde a morte qualificada, a morte severina, ocorre.

No entanto, apesar dessa generalidade, desse grau de abstração que o significado alcança, os cemitérios gerais são entes determinados, verdadeiros sujeitos, com modo de proceder, estilo de conduta e prática operacional:

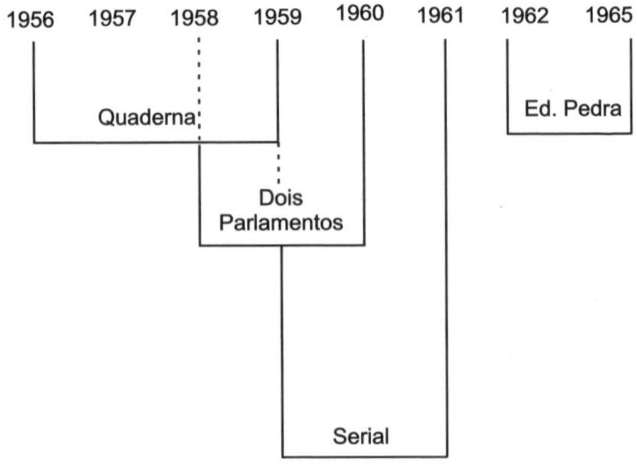

– Cemitérios gerais
que não exibem restos.
– Tão sem ossos que até parece
que cachorros passaram perto.
....
– Como que os cemitérios
roem seus próprios mortos.
....
– Cemitérios gerais
que os restos não largam
até que os tenham trabalhado
com sua parcial matemática.

Na medida da entificação e da amplitude de seu correlato objetivo, o tema da morte ganha novas dimensões que se desdobram numa cadeia de conceitos. E embora seja mínima, nesse poema, a parcela de imagens visuais, a entificação garante ao desenvolvimento do discurso poético uma pauta de concretude suficiente para admitir-se, também nesse caso, como admitimos para *Uma faca só lâmina*, a textura prismática da composição, formada por várias faces interligadas e complementares. O ato operatório que essa textura prismática exige e que pode ser considerado constante técnica da construção da poesia em João Cabral consiste em decompor a "idéia" em *unidades descritivas* e recompô-la na estrutura do discurso. Mas sendo essas unidades faces complementares que constituem o tema, pode-se dizer então que a composição poética se constrói projetando-se num objeto e construindo nele seu próprio sentido temático. A extensão e a compreensão dos "cemitérios gerais" dilatam e adensam a idéia de morte na medida em que a seccionam analiticamente em significados parciais. Por outras palavras, *Congresso no Polígono das Secas* dá-nos várias imagens compreensivas de uma só coisa, organizadas numa série intensiva, em que cada imagem corresponde a um traço essencial dela. Mas também aqui uma nova particularidade, característica da obra poética de João Cabral, faz-se notar: a existência de séries temáticas estendendo-se de poema a poema.

Os cemitérios que encontramos em *Paisagens com figuras* e depois, sob diferente perspectiva, em *Congresso no Polígono das Secas* reaparecerão nos poemas de *Quaderna*.[55] Em paralelo com

55. Em quatro composições – "Cemitério alagoano (Trapiche da Barra)", "Cemitério paraibano (Entre flores e princesa)", "Cemitério pernambucano (Floresta do navio)"

as redes de imagens no interior de um poema, existem redes temáticas que ligam poemas entre si (como *Morte e vida severina* e *Congresso no Polígono das Secas*).

A disposição estrófica a que obedece o agrupamento das imagens em *Congresso no Polígono das Secas* é a quadra. As diferentes imagens dos "cemitérios gerais" distribuem-se por 16 conjuntos de 64 quadras, cada conjunto tendo quatro quadras, isto é, 16 versos, e a soma dos 16 conjuntos, 256 versos. Longe de produzirem o efeito vago de sortilégio evocativo, as imagens, que não se interpenetram, sucedem-se claramente como elementos distintos de uma série. É a série das qualidades ou dos atributos do objeto, decomposto em unidades descritivas e rearticulado numa estrutura formal plena de sentido, que comporta duas ordens: a primeira segue a sucessão linear dos conjuntos, tal como se dispõem no texto, e a segunda, em alternativa à primeira, é a que o próprio leitor poderá estabelecer, dispondo esses conjuntos de forma que a sucessão deles corresponda à ordem natural dos algarismos, de 1 a 16, com que se relacionam. Dado que os conjuntos inicial e final (1 e 16) são fixos, a série começa e acaba da mesma maneira, qualquer que seja a ordem adotada. Integrando uma série não apenas *extensiva*, mas *intensiva*, cada elemento que se acrescenta constitui um atributo negativo que reforça, no sentido de um esvaziamento, a idéia de morte severina, finalmente identificada, no último conjunto, com a anulação sem restos, com o nada puro e simples a que os mortos se reduzem:

– Cemitérios gerais
que não toleram restos.
– Nem mesmo um pouco que se possa
encomendar ao céu ou ao inferno.
– Eles, todos os restos
da mesma forma tratam.
– Talvez porque os mortos que têm
não tenham tal resíduo, a alma.
– Talvez porque esta tem
consistência mais rala.
– E seja no ar fácil sorvida
Como uma gota em outra de água.

e "Cemitério pernambucano (Custódia)", que adotam o mesmo motivo, e que, tais como os análogos de *Paisagens com figuras* ("Toritama", "São Lourenço da Mata" e "Nossa Senhora da Luz"), individualizam, seja pelo estilo ornamental, seja pelas dimensões ou pela localização, a coisa descrita.

– Não há é porque usar,
aqui, a imagem da água.
– Melhor dizer: como uma gota
de nada em outra de nada.

Adotando a mesma disposição do poema anterior, até na leitura dupla, com oitenta quadras repartidas em vinte conjuntos, "Festa na casa-grande" apresenta-nos sucessivas imagens de um só objeto, o cassaco de engenho, com o qual o tema coincide. É a morfologia do cassaco exaustivamente feita. Como num tratado de botânica ou de zoologia,[56] estuda-se-lhe a idade, o sexo, a aparência física, à curta ou à próxima distância; observam-se seus estados – sono ou vigília, trabalho ou repouso –, sua cor amarela, sua substância, seu modo de perceber, de adoecer e de morrer. Mas qualquer que seja o aspecto considerado, cada imagem articula a mesmidade da negação, que se transporta à série toda.

Não obstante o parentesco formal, no que se refere à lógica da linguagem, de *Congresso no Polígono das Secas*, com "Festa na casa-grande", há entre eles uma diferença de tom que condiz com a intenção satírica de ambos. Em *ritmo senador*, solene e grave, e em *sotaque sulista*, de uma retórica altiva e distanciada que se reflete no fraseado conceituoso dos versos a lembrarem o refinamento tecnicista dos relatórios especializados ou dos programas políticos, o primeiro oferece o reverso dessa linguagem, revelando-lhe a verdade intrínseca. Na visão diante dos homens do Sul em relação ao Nordeste, o poema assume, por um golpe de redução ao absurdo, no gênero do humor à Swift, que a medida da verdadeira objetividade, reclamada para a solução dos problemas regionais, só se atinge comensurando tudo à morte:

– O jeito é mesmo consagrar
cemitério a região.
....
– Consagrar tudo um cemitério
é tudo o que se pode.

56. *História natural* foi, por sinal, um dos títulos sugeridos pelo autor ao editor, em lugar de *Terceira feira*. João Cabral, observa Merquior, "toma as pessoas como objetos; não, é claro, que as reduza ao nível, ao estilo de existir das simples coisas – mas porque põe no exame do humano a mesma cortante contemplação". MERQUIOR, José Guilherme. Serial, *Razão do poema*. Rio de Janeiro: Civilização Brasileira, 1965, p. 91.

No *ritmo deputado*, que é o familiar da redondilha menor, e no *sotaque nordestino* dos cantadores de feira, a visão de "Festa na casa-grande" é a mesma visão distante do Sul, com a diferença de que nesse poema o afastamento, em vez de originar-se da distância geográfica e política, deriva da posição social de quem vê o cassaco do ponto de vista da *casa-grande*. As duas modalidades de afastamento, tanto a geográfica e a política do primeiro poema quanto a social do segundo, equivalem à perspectiva aérea que transforma o homem, quando visto de um lugar elevado, como em "Alto do Trapuá" (*Paisagens com figuras*), num borrão colorido, que é apenas relevo cromático da paisagem:

– O cassaco de engenho
de longe é branco ou negro:
– De perto é que se vê
que é amarelo mesmo.
– O cassaco de engenho
é amarelo sempre:
– Mas do amarelo inchado
que é verde levemente.
– Desse verde amarelo
em que o azul não entra
e que não fosse nele
se diria doença.
– Um verde especial
espécie de auriverde,
só dele, branco ou negro,
de receita só dele.

8 Quaderna (1956-1959)

Largamente empregada por João Cabral, a quadra torna-se paradigma em *Quaderna*. É a *cuaderna via* como um módulo controlador da elaboração e do encadeamento das imagens. Instrumento metodológico de precisão analítica, a quadra, exercendo função cartesiana, permite dividir um objeto em tantas partes quantas sejam necessárias ao seu perfeito entendimento poético. Por intermédio dessa divisão "analítica", nos dois níveis de linguagem – linguagem-objeto e metalinguagem –, um dos quais, o da metalinguagem, se sobrepõe reflexivamente ao outro –, continua o processo de decomposição da metáfora, responsável pela estrutura translúcida de "Estudos para uma bailadora andaluza".

Cada um desses cinco estudos vê a bailarina de um modo, por meio da imagem que a presentifica. É como se a dança que se descreve fosse dividida em cinco figuras dinâmicas, distintas e sucessivas, conforme os deslocamentos do ângulo de visão de um observador que se movimentasse acompanhando o movimento da dançarina, diante do qual está postado:

1. *Dir-se-ia, quando aparece*
dançando por siguiriyas,
que com a imagem do fogo
inteira se identifica.

Todos os gestos do fogo
que então possui dir-se-ia:
gestos das folhas do fogo,
de seu cabelo, sua língua;

gestos do corpo do fogo,
de sua carne em agonia,
carne de fogo, só nervos,
carne toda em carne viva.

Então, o caráter do fogo
nela também se adivinha:
mesmo gosto dos extremos,
de natureza faminta,

gosto de chegar ao fim
do que dele se aproxima,
gosto de chegar-se ao fim,
de atingir a própria cinza.

Formado por seis conjuntos de oito quadras, o poema focaliza a bailadora, em cada estudo correspondente a um desses conjuntos, por uma ou duas imagens, que são sucessivamente fogo, cavalo, mensagem de telegrafia, árvore, estátua e espiga. Mas falta a essas imagens a unidade de apreensão, com fundamento num nexo de semelhança, da metáfora em estado puro, que se traduziria em versos enunciativos, exprimindo proposições categóricas da forma "S é P": a bailarina é fogo, chama, cavalo, etc. No poema que estamos analisando, a identidade categorial entre dois termos é postulada apenas como hipótese descritiva, o que bem pode ser notado, desde o início, no enunciado dos versos em forma condicional:

"Dir-se-ia, quando aparece/dançando por *siguiriyas,*/que com a imagem do fogo/inteira se identifica". Imagem de segundo grau, como a da flor de "Antiode", a metáfora do fogo é também decomposta em: "gestos de fogo", "gestos das folhas do fogo", "do corpo do fogo", e, até o extremo limite permitido pela substituição semântica, nos sintagmas "carne de fogo, só nervos", e "carne toda em carne viva".

O controle reflexivo, que garante a transparência do poema, mostrando-lhe o mecanismo lingüístico, é reforçado pela lisura profissional do poeta, que abre o jogo franco de sua arte. Já com a finalidade de estimular no leitor uma atitude lúdica diante do texto, que o subtraia aos efeitos de ocasional sortilégio, o autor interrompe ou perturba o discurso poético. Na reconstituição plástica de um corpo feminino, em "Paisagem pelo telefone", a que se associam elementos luminosos e marinhos, introduz-se, para evitar toda magia supérflua, um enunciado de controle que menciona o lugar de uma dada imagem na estrutura do discurso:

....
Pois, assim, no telefone
tua voz me parecia
como se de tal manhã
estivesses envolvida,
....
....
e até mais, quando falavas
no telefone, eu diria

que estavas de todo nua.
só de teu banho vestida,
....
sim, como o sol sobre a cal
seis estrofes mais acima,
....

A menção "seis estrofes mais acima" desempenha aí papel semelhante ao de expressões comuns à estrutura da prosa, no gênero de "assim vimos", "de acordo com o que acabamos de ver", "segundo se disse anteriormente", que são enunciados *fáticos,*[57] destinados a estabelecer a comunicação.

57. Esses enunciados correspondem à *função fática* da linguagem. JAKOBSON, Roman. *Linguistique et poétique*: essais de linguistique génerale. Paris: Les Éditions de Minuit, 1963, p. 214-217.

Apesar do predomínio das medidas menores, mais conformes ao paradigma da quadra, os versos de *Quaderna* possuem elasticidade métrica. São patentes as variações de sonoridade, ora muito alta ou aberta, ora fechada e quase surda, que interferem com o ritmo. Mais compassado, apóia-se no prolongamento de vogais abertas, como nos versos finais de "Estudos para uma bailadora andaluza":

*a im**a**gem que a memória*
*conservará em sua v**i**sta*
*é a esp**i**ga, n**u**a e espig**a**da,*
*romp**e**nte e esb**e**lta, sem esp**i**ga.*

As aliterações, formadas de consoantes explosivas, obstruem o ritmo e ensurdecem a música do verso, como neste exemplo, que pode ser considerado típico:

*o mar que só **pr**eza a pe**dr**a.*

Reduzida e estrita, sem desenvolvimentos melódicos, a música de *Quaderna* segue o diapasão de *O rio*. Quer isso dizer que a variação das imagens, de grupo a grupo de quadras, não conduz a variações, que ainda encontramos em *O cão sem plumas*, de ordem tonal ou rítmica. As unidades descritivas, muitas vezes começando numa quadra e se completando noutra, guardam entre si a continuidade de sentido que têm os períodos e os parágrafos na prosa.[58]

Mantendo uma feição discursiva, a linguagem de *Quaderna* torna-se contudo mais elíptica, mormente ao emprestar-se a categoria de verbos a certos advérbios. É o caso de *quando* e *onde*, que obrigam a atenção a deter-se nas coisas que formam o primeiro círculo do vôo, também círculo gráfico da memória, traçado em "De um avião":

*O primeiro círculo é **quando***
o avião no campo do Ibura.

58. O sinal de parágrafo (§) é freqüentemente utilizado. Vide, por exemplo "Escritos com o corpo", "Pernambucano em Málaga", "O ovo de galinha", "Velório de um comendador" (*Serial*); "Sevilha", "Poema(s) da cabra" (*Quaderna);* e "O cão sem plumas". A relação prosa–poesia, cada vez mais importante para João Cabral, tanto quanto a estrutura quadripartite do poema, revela-se nos outros possíveis títulos de *Terceira feira*, além de *História natural: prosa em poesia; Poesia partida em quatro.*

Quando tenso na pista
o salto ***ele*** *calcula.*

Está o Ibura onde coqueiros,
onde *cajueiros, Guararapes.*
Contudo já parece
em vitrine a paisagem.

As conjunções e o advérbio que na estrofe seguinte suprem os verbos demarcam o espaço, separando o exterior perceptível, onde se situam as coisas, do interior da memória (ou do avião), adversativo, que os localiza numa outra perspectiva:

O aeroporto ***onde*** *o mar e mangues,*
onde *o mareiro e a maresia.*
Mas *ar condicionado,*
mas *enlatada brisa.*

Se aqui o uso singular dessas palavras intensifica a visualidade das imagens, estabelecendo-se uma relação de confronto com o que nos é mostrado, num poema como "A palo seco" o emprego em função substantiva da preposição *sem* produz o efeito contrário, de esvaziamento, que isola a essência material do objeto:

1.1. *Se diz* a palo seco
O cante ***sem*** *guitarra;*
O cante ***sem****; o* cante*;*
O cante ***sem*** *mais nada;*
....

9 Serial (1959-1961)

Tudo o que vimos anteriormente, tanto sobre a ordem seriada das imagens quanto sobre os conjuntos ou blocos de quadras, como esquema formal da composição, aplica-se aos 16 conjuntos de *Serial*.[59] Doze desses conjuntos compreendem

59. São os seguintes: "A cana dos outros", "O automobilista infundioso", "Escritos com o corpo", "O sim contra o sim", "Pernambucano em Málaga", "O ovo de galinha", "Claros varones", "Generaziones y semblanzas", "Graciliano Ramos", "Pescadores pernambucanos", "Chuvas", "Velório de um comendador", "Uma sevilhana na Espanha", "Formas do nu", "O relógio", "O alpendre no canavial".

quatro poemas distintos[60] em 4, 6 ou 8 quadras, que têm assunto comum, estando cada um deles para esse assunto, assim como as partes de "Congresso no Polígono das Secas" ou de "Estudos para uma bailadora andaluza" estão para seu respectivo tema ou objeto.

Tomemos o conjunto intitulado "O automobilista infundioso". A despeito da delimitação formal que lhes resguarda a autonomia, os quatro poemas respectivos,[61] que assinalaremos com algarismos romanos, tomam lugar no conjunto de que são membros, pelas séries parciais de imagens correspondentes às fases de um percurso de automóvel por quatro paisagens diferentes: Provença (I), a série das qualidades olfativas (cheiros vegetais); Sertão (II), a das coisas ásperas e duras, Inglaterra (III), a das coisas leves ao tato, como neve e algodão, e Mancha (IV), a das imagens visuais de paisagem marinha – oceano, horizonte de mar, mastro de barco.[62] São quatro séries de imagens que integrarão a série temática maior abrangida pelo conjunto.[63] O percurso das diversas paisagens realiza-se em "O automobilista infundioso" como exploração perceptiva do mundo, que alarga o espectro da morfologia do sensível com que deparamos em *O engenheiro* e cujos limites eram então os elementos comuns – luminosidade, brancura, leveza – abstraídos dos fenômenos atmosféricos pelas mutações figurativas da *nuvem* deslocando-se no espaço real.

Mas em "O automobilista infundioso", o poeta procura constituir os equivalentes verbais de diversas formas sensórias. A gama dos odores, por exemplo, seguindo um processo já nosso conhecido, objetiva-se primeiramente em função de

60. A autonomia de cada poema integrante de um dos doze conjuntos está claramente assinalada na primeira edição de *Serial* (*Terceira feira*) pela repetição dos títulos respectivos. Os quatro outros conjuntos, "A cana dos outros", "Pernambucano em Málaga", "Graciliano Ramos" e "Uma sevilhana na Espanha", compõem-se cada qual de quatro conjuntos de duas quadras, demarcados por sinal de parágrafo (§) ou por algarismo ("A cana dos outros").

61. Na última edição de *Serial* (*Poesias completas*), a repetição dos títulos foi suprimida, fazendo-se a separação entre os poemas por linhas horizontais ou asteriscos, salvo nos casos de individualização pelo sinal de parágrafo no início de cada um, por onde se vê que a autonomia dos poemas componentes é relativa, podendo cada um deles ser interpretado como parte de um todo.

62. Não estamos senão esquematizando um processo extremamente complexo, a fim de reduzi-lo, de acordo com o princípio de clareza e rigor da poética de João Cabral, a uma forma regular e coerente.

63. A noção de *série*, tomada no sentido de conjunto formal, é uma noção eucarística. Dadas as estreitas relações entre o *lógico* e o *poético* na obra de João Cabral, a idéia de série revela-se útil enquanto pode mostrar-nos o imbricamento e a separação dessas duas categorias.

determinados *qualia*, inerentes a coisas que as palavras *timo, alfazema e mostarda* designam:

Viajar pela Provença
é ir do timo à alfazema;
ir da lavanda à mostarda
como de uma a outra comarca.

Depois, ainda em I, essas qualidades estendem-se a outros objetos de ordem mais geral, que constituem a classe dos cheiros castos:

É viajar nos cheiros castos,
ainda vegetais, em mato:
do casto normal de planta,
do sadio, de criança.

Mais adiante, o atributo dessa classe essencializa-se, como propriedade da região, em "cheiros-comarca":

Cheiros-comarca, ao ar-livre,
antes de que Grasse ou Nice
os misturem no óleo grosso
que lhes dá sabor de corpo.

Comarcas cheiro, onde o carro
corre familiarizado:
onde a brisa e a gasolina
se confundem na alma limpa.

Dando razão aos críticos que vêem a elaboração poética de João Cabral fundada num ato de intuição fenomenológica,[64] o poeta seguiu, naqueles versos de "O automobilista infundioso", um percurso que vai da percepção externa de

64. Merquior, a propósito de *Serial*, fala da "visão fenomenológica" de João Cabral, que nunca é naturalista e que "se destina, fundamentalmente, a captar a significação do mundo" (op. cit., p. 94). Aí a fenomenologia é tomada no sentido geral, como método de compreensão. Costa Lima admite o "caráter de intuição fenomenológica empreendida por via poética pelo autor pernambucano" em *Terceira feira*: seu sentimento do básico. (Recife, *Estudos Universitários*, jul.-set. 1962), voltando depois ao assunto em *O espaço da percepção* (ano 60, n. 8, Petrópolis: Vozes, ago. 1963) e no seu livro já citado, *Lira e antilira*, no qual defende o realismo fenomenológico de João Cabral. Adotando essa perspectiva, tentamos, em diversas passagens deste capítulo e do seguinte, precisar os aspectos da poesia cabralina que se entrosam com a fenomenologia.

objetos sensíveis à abstração ideatória da essência material a eles inerente. Na parte III do mesmo poema, as qualidades sensíveis relacionadas com estímulos epidérmicos – sensações finas de contato – também se objetivam e chegam a formas materiais abstratas:

A névoa-sempre algodoa
o espaço de coisa a coisa;
embota nelas as quinas,
o duro e o claro, o que é linha.

E além do aspecto: o contato
também se faz algodoado:
....

Essa exploração perceptiva do mundo, que detecta as qualidades densas das coisas, é orientada pelo vetor da sensibilidade originária, latente a todas as impressões sensíveis, e que é o próprio corpo, como forma de contato primitivo e carnal, fonte das intenções fundadoras e pré-reflexivas anteriores à atividade específica dos órgãos dos sentidos. Pela sensibilidade carnal, estruturante da percepção, a exploração do mundo torna-se um corpo a corpo com as coisas. Pode-se tatear com os olhos um quadro de Mondrian, que então se corporaliza; pode-se também olhar com o tato um corpo feminino, como nos versos de "Escritos com o corpo":

De longe como Mondrians
em reproduções de revista
ela só mostra a indiferente
perfeição da geometria.
....
....
porém de perto, ao olho perto,
sem intermediárias retinas,
de perto, quanto o olho é tacto,
ao olho imediato em cima,
....

A lembrança desse corpo, que passa à escrita poética, não é simples matéria de evocação vaporosa, como lembrança de lembrança. É coisa vista e palpável, escrita com o corpo e que toma seu lugar entre as formas sensíveis do mundo. Graças a uma memória física e carnal, a lembrança adquire, sob o foco da intencionalidade primitiva, o peso e a solidez de uma sensação de contato:

Memória exterior ao corpo
e não da que de dentro aflora;
e que, feita que é para o corpo,
carrega presenças corpóreas.
....

("Escritos com o corpo", IV)

É precisamente o grotesco do corpo, quando transformado em coisa exterior, a nota dominante de "Velório de um comendador", que representa, em *Serial*, a linha satírica do humor cabralino. Caricatura do interior, mas diferente do retrato psicológico, esse poema é como um capricho de Goya, pintado por um cubista que enquadrasse o cadáver do comendador ora na forma de uma bacia, ora na de um canteiro, ora na de um automóvel, mas com o detalhe da comenda, a que se resume a alma do retratado, em primeiro plano:

Embarcado no caixão,
parece que ele, afinal,
encontrou o seu veículo:
a marca e o modelo ideal.
....
....
....
O que buscava, queria
sem rodas, como este mesmo,
rodas lhe davam vertigem
senão em comenda, ao peito.

E isso porque quando via
qualquer condecoração,
se bem de forma rebelde,
de cusparada ou explosão,

via nela só o metal,
a âncora a atar-se ao pescoço
para não deixar que nada
se mova de um mesmo porto.

Esse humor fúnebre, que envolve o morto com a cobertura de objetos banais, produz o mesmo efeito de estranhamento, de visão distanciada a que nos referimos a propósito de "Alto do Trapuá". É como se a morte perdesse sua solenidade, conservando-se dela o fato bruto da inércia cadavérica, da rigidez física, da objetificação inorgânica, que mais acentuam a inumanidade do morto. A mola de semelhante efeito humorístico é a tensão entre o simbolismo da linguagem e a realidade perceptiva, mantida, conforme apontamos na análise de *Uma faca só lâmina*, pela diferença infinitesimal que os une e separa. Em "O velório de um comendador", os objetos banais intensificam o insólito das poses macabras, que são estados morais coisificados de um defunto ilustre. O estranhamento vem do contraste entre duas séries verbais[65] diferentes que focalizam o mesmo objeto. Ora se afastando, ora se aproximando, sem de todo coincidirem, essas séries, cada qual por uma cadeia autônoma de termos, visam, como se pode notar na primeira quadra, a um referente comum:

Quem quer que o veja defunto
havendo-o tratado em vida,
pensará: todo um alagado
coube aqui nesta bacia.

Os dois primeiros versos, pertencendo a uma série, falam do defunto como tal; os outros, pertencendo à segunda, falam de outras coisas, cuja relação metonímica ou metafórica com o objeto só aos poucos será estabelecida mediante outros elos. O menor ou maior afastamento das duas séries, que continuarão separadas, produz a surpresa do estranhamento:

Resto de banho, água choca,
na banheira do salão,
sua preamar permanente
se empoça, em toda a acepção.

A brisa passa nas flores,
baronesas no morto-água,
mas nem de leve arrepia
a pela dela, estagnada.

65. As *séries verbais* e seus desenvolvimentos relacionam-se com o "método serial" em literatura, estudado por Deleuze, sobretudo nas obras de Lewis Carroll (*Silvia e Bruno*, *A caça ao Snark*, *Alice no país das maravilhas* e *Através do espelho*). DELEUZE, Gilles. Sur la mise en séries. *Logique du sens*. Paris: Les Éditions de Minuit, 1969, p. 50 s.

Talvez porque qualquer água
fique mais densa, se morta,
mais pesada aos dedos finos
das brisas, ou a outras cócegas.
....
....

Como seja: agora um dique
detém, de simples madeira,
uma água morta que, viva,
arrebentava represas.

E uma banheira contém,
exposto a que alguém derrame,
todo o mar de água que ele era,
sem confins, mar de água mangue.

Pelo mesmo processo, certas coisas banais tornam-se estranhas quando, desprendidas dos nomes comuns a elas costumeiramente associados, e que lhes conferem identidade mágica, transferem-se a outra cadeia verbal. É o que sucede nesse extraordinário "O relógio". Retirada sua capa nominativa habitual, o objeto respectivo, descrito como se o visse um habitante de Sírius que desconhecesse o uso dos relógios, ou a Alice, de Carroll, descobrindo-o no *bric-à-brac* da Cabra fleugmática,[66] adquire uma extraordinária e obsedante presença perceptiva:

1. *Ao redor da vida do homem*
há certas caixas de vidro,
dentro das quais, como em jaula,
se ouve palpitar um bicho.

Se são jaulas não é certo;
mais perto estão das gaiolas
ao menos, pelo tamanho
e quebradiço da forma.

Umas vezes, tais gaiolas
vão penduradas nos muros;
outras vezes, mais privadas,
vão num bolso, num dos pulsos.

66. CARROLL, Lewis. *Alice in Wonderland and through the looking-glass.* London and Glasgow: Library of Classics, p. 232.

O relógio, que não mais parece um objeto à mão, perde seu caráter instrumental e passa a ter, como nos mostram os restantes poemas desse conjunto, outras aparências, todas provisórias e equivalentes de coisas que se fabricam – jaula, gaiola, roda d'água – ou de coisas naturais – voz de pássaro e trabalho de operário – com os ritmos que lhes são próprios e que se convertem no pulsar de que falam os últimos versos:

Então, se sente que o som
da máquina, ora interior,
nada possui de passivo,
de roda de água: é motor;

se descobre nele o afogo
de quem, ao fazer, se esforça,
e que ele, dentro, afinal,
revela vontade própria,

incapaz, agora, dentro,
de ainda disfarçar que nasce
daquela bomba motor
(coração, noutra linguagem)

que, sem nenhum coração,
vive a esgotar, gota a gota,
o que o homem, de reserva,
possa ter na íntima poça.

Toda uma visão da realidade está implicada tanto pela morfologia do sensível como pela transferência das coisas a cadeias verbais distintas, que permitem apreendê-las de modo diferente, sob várias imagens, na arquitetura prismática do poema. A realidade, de onde o invisível foi suprimido, é plural, multicêntrica e escalonada. Mas se o invisível foi suprimido, o visível escalona-se, no entanto, em diversos níveis de abstração e concretude, a que se estendem as formas intercambiantes das coisas, unidas sem confundir-se, como os fios de uma teia em crescimento de que fazem parte os objetos sensíveis com suas essências materiais. Nesse mundo de João Cabral não há nem transcendência nem imanência. São as relações de equivalência, de inclusividade, de complementaridade, de oposição, que situam os objetos numa teia verbal que se rompe em determinados pontos para se refazer adiante, a partir de um novo centro. O centro do qual a teia reparte, de cada vez, nada tem de substancial. É um objeto qualquer, como origem de uma série, como elemento de um conjunto, membro por sua vez de outro conjunto maior. Trata-se de um mundo mais lógico que cosmológico, e mais fenomenológico que lógico. A percepção dirige-se aos objetos sem esgotá-los. Sem atingir-lhes o núcleo, sempre referido como limite ideal da apreensão perceptiva,[67] explora-os do ângulo específico de cada sentido. É assim que um simples ovo de galinha, inerte à vista, pode transmitir ao tato que o sopesa, por sua forma torneada, algo de vivo:

Ao olho mostra a integridade
de uma coisa num bloco, um ovo.
Numa só matéria, unitária,
maciçamente ovo, num todo.
....
No entanto, se ao olho se mostra
unânime em si mesmo, um ovo,
a mão que o sopesa descobre
que nele há algo suspeitoso:

que seu peso não é o das pedras,
inanimado, frio, gôro;
que o seu é um peso morno, túmido,
um peso que é vivo e não morto.

("O ovo de galinha", I)

A descrição do objeto é circular. Ela vai do nível de concretude ao de abstração, da percepção sensível à forma essencial para, num movimento de retorno, apegar-se ao mais palpável e visível,[68] de onde novamente subirá ao abstrato:

67. Em termos fenomenológicos, estritamente husserlianos, o núcleo, que corresponderia à plena "visão" intuitiva de um objeto, é o *noema* como termo da vivência intencional de significação. O noema da percepção externa seria esse núcleo das coisas (que Kant isolou na "coisa em si"), equivalendo ao total preenchimento de uma evidência adequada. Mas, por essência, a percepção dos objetos pertencentes à região "coisa" é inadequada (HUSSERL. *Idées directrices pour une phénoménologie.* Paris: Gallimard, 1950).

68. "A visão mais próxima, vizinha, pegada à coisa; a visão quando o que se vê, ao mesmo tempo se domina, e até se apalpa...". MERQUIOR, José Guilherme. Serial. *Razão do poema*, ed. cit., p. 90.

O ovo revela o acabamento
a toda mão que o acaricia,
daquelas coisas torneadas
num trabalho de toda a vida.

E que se encontra também noutras
que entretanto mão não fabrica:
nos corais, nos seixos rolados
e em tantas coisas esculpidas.

....

No entretanto, o ovo, e apesar
da pura forma concluída,
não se situa no final:
está no ponto de partida.

("O ovo de galinha", II)

Como em "Formas do nu" ou em "O alpendre no canavial", que tematizam a experiência do tempo, a forma abstrata corresponde a um novo grau de objetualidade, que se religa ao concreto e ao sensível, permitindo apreendê-los de maneira renovada.

10 A educação pela pedra (1962-1965)

Sem alterar substancialmente a linha de construção e a temática das obras anteriores, *A educação pela pedra* valoriza certas propensões da poesia cabralina, como a prosificação e a discursividade lógica. O léxico desse livro, já o conhecemos bastante. Caatinga e canaviais, Recife, usina, sertão e pedra a serviço dos mesmos temas que agora fazem parte do vocabulário desse dialeto "andaluz-caipira" que vincula a hispanidade à nordestinidade e cujas palavras básicas, não mais de uma vintena,[69] cabem no rol das palavras emblemáticas, verdadeiros objetos, também núcleos metafóricos que se relacionam por semelhança ou por contraste. Formando os primeiros elos de uma rede verbal, encontramos duas delas, *mar* e *canavial*, no poema de abertura de *A educação pela pedra*, "O mar e o canavial":

69. Já em "A lição de poesia" (*O engenheiro*): "*Vinte palavras* sempre as mesmas/de que conhece o funcionamento,/a evaporação, a densidade/menor que a do ar". Em "Graciliano Ramos" (*Serial*): "Falo somente com o que falo:/com as mesmas *vinte palavras*/girando ao redor do sol/que as limpa do que não é faca: ..."

O que o mar sim aprende do canavial:
a elocução horizontal de seu verso;
a geórgica de cordel, ininterrupta,
narrada em voz e silêncio paralelos.
O que o mar não aprende do canavial:
a veemência passional da preamar;
a mão-de-pilão das ondas na areia,
moída e miúda, pilada do que pilar.

O que o canavial sim aprende do mar:
o avançar em linha rasteira da onda;
o espraiar-se minucioso, de líquido,
alagando cova a cova onde se alonga.
O que o canavial não aprende do mar:
o desmedido do derramar-se da cana;
o comedimento do latifúndio do mar,
que menos lastradamente se derrama.

Vê-se que João Cabral abandona o verso curto, predominante em *Quaderna* e *Serial*, pelo verso mais extenso, lento, monotonamente ritmado, que é o verso de elocução horizontal de que fala "O mar e o canavial". A uniformidade rítmica desse poema, com a lentidão de seu andamento, não decorre entretanto da uniformidade métrica. Seus versos seguem um esquema métrico variável: são diferentes medidas, mas irregulares nos acentos, se considerarmos os padrões que seguem e de que repetidamente se afastam. Dir-se-ia que o poeta, visando sempre a esses padrões regulares, desregula-os no momento de utilizá-los.[70] Eis o esquema métrico da primeira parte do poema antes citado:

———————*4*————*6*———————————*12*
———————*4*———————————*8*————*11*
———————*3*———————————*8*————*12*
———————*4*—————————*7*—————*11*
———————*4*————*6*———————————*12*
———————*4*———————————*8*————*12*
—————————*5*———————————*10*
—————————*5*—————————*8*—————*13*

70. Esse mesmo fenômeno foi destacado por Eduardo Portela a propósito de *O rio*. A poesia espanhola pré-renascentista teria trazido para a poesia de João Cabral "um tipo de flutuação silábica peculiar à lírica espanhola do século XII, a versificação irregular estudada por Pedro Henriquez Ureña, as formas amétrica e acentual". PORTELA, Eduardo. *Dimensões*, I. Rio de Janeiro: Livraria Agir Editora, 1959, p. 144.

Essas modificações de acento, freqüentemente introduzidas, como outros exemplos poderiam mostrar, criam, salvo um ou noutro caso, pela continuidade com que se verificam, uma linha de regularidade no uso irregular de cada metro. Os versos marcam diferentes compassos que se deslocam, formando de um para outro figura rítmica variável, que não coincide com nenhum deles, pois que a todos alonga numa elocução contínua, horizontal, cujo andamento é o da prosa. Impondo, quase sem exceção, um tipo de leitura "fluviante, flutual", com a impostação e a continuidade sintática da prosa, os poemas desse volume confirmam que a prosificação do verso é um dos aspectos marcantes em *A educação pela pedra*. Além disso, quase todos os poemas desse volume, que unem, graças a um grande número de aliterações, a cama sonora à camada semântica da linguagem, esquivam-se à musicalidade pura. As aliterações que se verificam em "Tecendo a manhã" são estridentes e ferem o ouvido:

Um galo sozinho não TEce uma manhã:
Ele PREcisará semPRE de ouTROs galos.
de um que apanhe esse GRIto que ele
e o lance a ouTRO; de um ouTRO galo
que apanhe o GRIto que um galo antes
e o lance a ouTRO; e de ouTROS galos
....
E se encorPando em TEla, enTRE TOdos,
se erguendo TEnda, onde enTREM TOdos,
se enTRETENdendo para TOdos, no TOLdo
(a manhã) que plana liVRE de armação.
....

Inseparáveis nesse e noutros casos da função paronomástica das palavras sobre as quais recaem, as aliterações interferem como *bruitage*, como ruído antimusical, que impede, pelo efeito da sonoridade bruta e sem filtragem, qualquer desenvolvimento melódico do verso.[71]

A prosificação do verso, intimamente relacionada com a valorização da sintaxe lógico-discursiva, outro aspecto fundamental da

71. Outro exemplo característico do ajustamento entre a camada sônica e a camada semântica é "A fumaça no sertão": "Onde também a fumaça encorpa pouco;/onde nem pode encorpar-se de tão rala,/tanto quanto o ar ralo por que arvora/o fio da árvore que pode, desfiapada". A sonoridade bruta, sem filtragem, pode ainda ser observada nos versos de "Catar feijão", transcrito no texto: "Catar feijão se limita com escrever"; "e jogar fora o leve e oco, palha e eco";"açula a atenção, isca-a com o risco".

obra que analisamos, condiz com o estilo francamente expositivo da maioria dos poemas da coletânea, no gênero anedótico de "Catar feijão":

Catar feijão se limita com escrever:
jogam-se os grãos na água do alguidar
e as palavras na da folha de papel;
e depois, joga-se fora o que boiar
Certo, toda palavra boiará no papel,
água congelada, por chumbo seu verbo:
pois para catar esse feijão, soprar nele,
e jogar fora o leve e oco, palha e eco.

2

Ora, nesse catar feijão entra um risco:
o de que entre os grãos pesados entre
um grão qualquer, pedra ou indigesto,
um grão imastigável, de quebra dente.
Certo não, quando ao catar palavras:
a pedra dá à frase seu grão mais vivo:
obstrui a leitura fluviante, flutual,
açula a atenção, isca-a com o risco.

Podemos constatar aí a função estruturante dos nexos lógicos, tanto conjunções como advérbios (certo, pois, ora, certo não) numa forma mista, proso-poética. Valorizando-se as conexões lógicas da linguagem, os moldes que ficam à mostra na construção do poema são mais expositivos do que descritivos.

A sintaxe da linguagem poética arrima-se, pois, na sintaxe lógica do pensamento discursivo. Foi justamente visando aos aspectos de continuidade prosaica e de articulação lógica, patenteados em poemas tão diversos, de águas opostas, como *O rio* e *Uma faca só lâmina*, que temos usado a expressão *discurso poético* ao nos referirmos à linguagem de João Cabral. Compatível com a prosificação do verso, a discursividade da linguagem em *A educação pela pedra* aumenta na razão direta das intenções didáticas da obra.

Variando entre a exposição e a demonstração alegórica, no gênero de "Catar feijão", a feição anedótica da maioria dos poemas de *A educação pela pedra*, que ora pendem para a fábula e a parábola, ora para a cena satírica, acentua o traçado lógico-discursivo da linguagem salientado na disposição estrófica geminada de todos eles. As 48 composições do volume estão sob o signo da quaternidade. São quatro as partes do livro (a, b, A, B) e 12 os poemas de cada seção. Cada poema é, por sua vez, um díptico formado de partes simétricas – com o mesmo número de versos – ou assimétricas – com número diferente – mas sempre, qualquer que seja o caso, entre o limite mínimo de 6 e o máximo de 16.[72] Essa disposição favorece duas espécies de correspondência: uma interna, quando as duas partes paralelas do mesmo poema se relacionam entre si ou por complementaridade ou por oposição semântica ("Uma mulher e o Beberibe", "Fazer o seco, fazer o úmido", "O hospital da caatinga", etc.); outra externa, das duas partes de um poema primitivo com as duas partes de um outro que dele se origina, por via de permutação de versos, como sucede entre as 14 composições seguintes, que denominaremos emparelhadas: "O canavial e o mar"/ "O mar e o canavial", "Coisas de cabeceira, Recife"/"Coisas de cabeceira, Sevilha", "Uma mineira em Brasília"/ "Mesma mineira em Brasília", "Nas covas de Baza"/ "Nas covas de Guadix", "The country of the Houyhnhnms"/ "The country of the Houyhnhnms (outra composição)", "Bifurcados de 'Habitar o tempo'"/ "Habitar o tempo", "A urbanização do regaço"/ "O regaço urbanizado", "Comendadores jantando"/ "Duas fases do jantar dos comendadores". Dada a importância de que se revestem para a lógica da composição, examinaremos separadamente, na quarta e última parte deste estudo, esses poemas emparelhados.

A ação catalítica de objetos concretos na condução das imagens, com a preponderância de elementos visuais e plásticos, a abstração do concreto e a concreção do abstrato, continuam sendo, em *A educação pela pedra*, as dominantes internas da construção, ajustadas porém à sintaxe discursiva e à força estruturante das conexões lógicas. Não podemos, entretanto, equiparar a lógica da composição ao papel que essas conexões exercem no pensamento discursivo. A função delas na linguagem poética, não limitada às possibilidades da prosa como discurso corrente do pensamento conceptual, será recondicionada pela lógica da composição.

Finalmente, o último livro de João Cabral revela-nos um aproveitamento de outras formas tradicionais que não apenas as populares do Nordeste e as pré-renascentistas espanholas. Certos versos de *A educação pela pedra*, sem que seja isso mero

72. Em *A educação pela pedra*, edição de 1966, as duas partes dos poemas dispõem-se lado a lado, uma em cada página. Em *Poesias completas*, talvez por motivo de espaço, essa disposição horizontal, de isolamento gráfico, desaparece.

exercício de estilo, têm a lavratura verbal da escrita parnasiana. Sempre visando à lógica da composição, o poeta foi buscar no repertório das formas tradicionais aqueles padrões mais ajustáveis à tendência objetificante de sua poesia, que poderíamos chamar, como já alguém chamou à poesia de Théophile Gautier, de "*hard poetry*".[73] Nenhum privilégio concede ele ao parnasianismo. João Cabral aproveita-o como um traço estilístico, da mesma maneira e pela mesma espécie de gesto exploratório que, ainda em *A educação pela pedra*, aplica nas oposições e nos contrastes das imagens a complexidade sintática e o caráter hiperbólico da poesia barroca, revestindo isso tudo, porém, da forma do poema construído, claro em seu didatismo e rigoroso em suas intenções satíricas.

73. POUND, Ezra. The hard and soft in French poetry. *Literary essays*. Edited with an introduction by T. S. Eliot. London: Faber and Faber, 1954, p. 285-289.

IV A máquina do poema

1 A psicologia da composição

Munidos do conhecimento em extensão da obra cabralina, cujo desenvolvimento acompanhamos, podemos agora tentar abranger numa síntese os fundamentos originários de sua poética, os princípios básicos de seu mecanismo que integram a lógica da composição, os problemas gerais de comunicação que a circunscrevem e a perspectiva estética, ética e social que lhe é inerente.

Longe de ser uma ocorrência episódica na história dessa poesia, a *Psicologia da composição* de 1947, que levou João Cabral ao caminho inaugurado em *O cão sem plumas*, tornou-se ato permanente, sempre renovado, da mesma atitude criadora centrada na retração ascética do eu-lírico e mantendo o estado de ruptura de que foi o ponto de origem. Como é dessa atitude criadora que decorre a *poiesis* que favorece a construtividade do poema, a psicologia da composição está presente nos momentos todos da segunda e da última fase da obra cabralina, assegurando, por ser aquele modo de sentir e de pensar que lhe permeia o processo de elaboração, o necessário grau de depuramento, de equilíbrio e de controle racional. Tematizado na escola reflexiva e metalingüística que lhe é inseparável, esse processo, ora isoladamente ora cotejado numa espécie de tipologia com outros modos possíveis de compor, vem à tona da linguagem, às vezes expressamente salientado ("Catar feijão", "Graciliano Ramos", "O sim contra o sim"), outras implícita e alegoricamente contido numa diversa matéria ("A palo seco", de *Quaderna*, "Elogio da usina e de S.M.B. Andresen", "De Bernarda a Fernanda de Utrera", de *A educação pela pedra*, e "Pescadores pernambucanos", de Serial) e ainda outras, como que embutido num assunto de âmbito mais geral ("Uma faca só lâmina", de *Duas águas*, e "Generaciones y semblanzas", de Serial).

É a ascese depuradora dos sentimentos que se reflete no canto austero a *palo seco* ("A palo seco"), contraponto de voz aguda e silêncio, todo secura e desnudamento. Como a própria poesia de João Cabral, esse canto sem ornato, sem música de acompanhamento, silêncio e grito ao mesmo tempo, tem o brilho do metal e o corte de uma faca:

é cantar contra a queda,
é um corte para cima,
em que se há de subir
cortando, e contra a fibra.

Ação redutiva como a de lavar e de despir, que encontramos na primeira *Psicologia da composição*, esse cortar contra a fibra retira, do lado da experiência subjetiva, o que acrescenta do lado da linguagem formadora. É um curioso somatório, feito com operações de diminuir, que bem se exprime no contraste das imagens barrocas de "De Bernarda a Fernanda de Utrera", fiéis a velhos *topoi* de Quevedo. Pois aí se diz que a emoção depurada é como o fogo queimando sem arder, ou como as chamas de uma brasa fria, que ardem sem queimar. Bernarda de Utrera "arde numa dosagem exata de si mesma", quando canta; inversamente, a outra, Fernanda, começa a cantar quando sua brasa esfria:

Ela usa a brasa íntima no quando longo
em que rola calor abaixo até a pedra;
no da brasa em pedra, no da brasa do frio:
para daí reacendê-la, e contra a queda.

Em virtude da negatividade que há na ascese intelectual, a depuração dos sentimentos exterioriza-se dialeticamente: é um fazer que desfaz e um desfazer que refaz. Assinalando a sábia e lenta força do negativo com e contra as palavras, a poesia não é como o açúcar mascavo, "cego (de luz e corte)", produzido pelo engenho bangüê, uma espécie de depósito passivo. Ao contrário, ela se cristaliza, como no "Elogio da usina e de S.M.B. Andresen", por meio de idas e voltas da atenção, numa experiência cujos meios são as coisas em estado de palavras:

Sofia vai de ida e de volta (e a usina);
ela desfaz-faz e faz-refaz mais acima,
e usando apenas (sem turbinas, vácuos)
algarves de sol e mar por serpentinas.

O poeta que se limitasse a servir de veículo passivo à gestação da poesia, sem nela interferir, seria como o pescador que se deixa apanhar pela sua pesca. Há outros tipos de pescaria poética, de que nos falam "Pescadores pernambucanos": a que colhe pouco ou quase nada, de lance arrebatado e enfático, a irreflexiva e onírica, que só colhe peixes ocasionais e noturnos, e a que se faz de mansinho, pé ante pé, insistentemente,

sem se deter sequer:
fazer e refazer
fazem um só mister;
....

A atitude criadora de João Cabral corresponde a esse estilo cauteloso e lento, de avanço e recuo, de paciência e atenção concentrada, estilo de poeta tecelão que maneja a linguagem como um tear, enrolando e desenrolando, em movimentos de ida e volta, nos fios do discurso que os fusos das palavras tramam, a rede verbal das coisas. Mas essas operações de enrolar e desenrolar, de fazer e refazer, de decompor e recompor equivalem à cirurgia poética de Marianne Moore, uma das afinidades eletivas de João Cabral, que disseca e revira as coisas pelo avesso para melhor conhecê-las ("O sim contra o sim"). São as diferentes maneiras de compor no estilo da negatividade que o poeta pernambucano incorporou à linguagem a partir de *O cão sem plumas*, fazendo-o valer, desde aí, como princípio de construção poética. Vem da negatividade o movimento de anulação do homem e do rio, homólogo, nesse poema, ao movimento de seu discurso, apoiado numa cadeia de verbos – *roer, secar, quebrar, romper, perder, amolecer, mastigar, dissolver, lavar, comer, ferir, chocar* – que podem ser agrupados em *semas*[74] comuns de *corrosão, desgaste, aniquilamento e fratura.* No mesmo princípio fundamentam-se as atribuições negativas, que registramos no curso das análises anteriores, e a dialética do vazio e do cheio, ativa em *Congresso no Polígono das Secas*, e refinada em "Os vazios do homem", de *A educação pela pedra.* Já estamos, porém, no domínio fronteiriço à lógica da composição, franqueado por essa poética negativa.

2 *A lógica da composição*

Por diversas vezes, ao abordarmos os moldes descritivos, a desagregação da metáfora, as séries de imagens e suas relações com as séries convergentes de estrofes, tocamos nos pontos

74. Como elementos mínimos da significação, os *semas* ocupam já o plano metalingüístico. Cf. GREIMAS, Langue et langage. *Sémantique structurale.* Paris: Larousse, 1966, p. 27.

capitais dessa lógica da composição, basicamente determinada por dois eixos, um *vertical* e outro *horizontal*.

No eixo *vertical* situaríamos, em seu nível metalingüístico próprio, a desagregação da metáfora como um processo de *arborescência da imagem* a partir de núcleos verbais que se ramificam, formando, por transições semânticas entre seus termos, uma ou mais séries de significantes correlatos. Assim, podemos apresentar, como paradigma de arborescência em apenas uma série, "Litoral pernambucano", em que o próprio discurso poético estabelece, como regra dessas transições, o *desdobramento*, que se opera por meio dele, e do qual ele nos oferece a chave lingüística respectiva, mencionando, portanto, paralelamente à imagem, o uso que dela se faz:

O mar se estende pela terra
em ondas ondas que se revezam
e se vão desdobrando até
ondas secas de outras marés:

as da areia, que mais adiante
se vão desdobrando nos mangues,
que se desdobram (quase palha)
num capim lucas, de limalha,

que se desdobra em canaviais,
desdobrados sempre em outros mais,
e desdobrando ainda mais longe
o campo raso do horizonte,

como se tudo fosse o mar
em mais ondas a desdobrar
a mesma natureza rente
de um verde ácido e higiene:
. . . .

Os núcleos verbais mar/terra constituem um primeiro par de opostos, aos quais se seguem onda/praia, praia/mangue, mangue/capim (de limalha), capim/canavial.

Já a arborescência das imagens, em *Poema(s) da cabra*, esgalha-se por duas séries de termos, uma negativa e outra positiva, que se vinculam ao mesmo núcleo semântico – *o negro da cabra* – desdobrado em atributos de sentido oposto, mas complementares, os quais explicitam as imagens contidas no conceito respectivo:

A cabra é negra. Mas seu negro
não é o negro do ébano douto
(que é quase azul) ou o negro rico
do jacarandá (mais bem roxo).

O negro da cabra é o negro
do preto, do pobre, do pouco.
Negro da poeira, que é cinzento.
Negro da ferrugem, que é fosco.

Enquanto aqui predomina a *diminuição* na passagem de termo para termo (o negro da cabra não é o do ébano, mas do preto; não é o do rico, mas do pobre, do pouco, etc.), em "Estudos para uma bailadora andaluza", que já examinamos, há vários núcleos metafóricos que se desdobram por *acréscimo*.

No eixo *horizontal* da lógica da composição situaríamos o aspecto permutativo da organização estrófica, toda vez que da diferente agrupação de versos resulte, como vimos para "Congresso no Polígono das Secas", uma diferença de sentido. Vale a pena fazermos ligeira incursão por esse aspecto do mecanismo da lógica da composição, largamente explorado em *A educação pela pedra*, nas composições emparelhadas a que fizemos referência.

A permutação do poema primitivo[75] pode ser simples, caso em que se altera apenas a posição de seus versos, ou pode vir acompanhada pela mudança de sentido de um ou mais deles e até com a introdução de elementos novos. No par "Nas covas de Baza" (I) e "Nas covas de Guadix" (II), que versam o mesmo tema, mas que têm diferente objeto, os mesmos versos de I reaparecem em II, numa outra ordem. Apenas seis dentre eles guardam a posição que ocupam no poema primitivo. Os demais ocupam posições diferentes, formando, no poema derivado, uma série numérica, que se relaciona, mediante certa razão, com a série numérica formada pelos versos do poema matriz. Transcrevemos adiante somente o primeiro par, "Nas covas de Baza":

75. Convencionamos indicar por I o poema primitivo e por II o derivado; suas partes respectivas serão 1.ª I, 2.ª I, 1.ª II e 2.ª II.

I

1.ª

O cigano desliza por encima da terra
não podendo acima dela, sobrepairado;
jamais a toca, sequer calçadamente,
senão supercalçado: de cavalo, carro.
O cigano foge da terra, de afagá-la,
dela carne nua e viva, no esfolado;
lhe repugna, ele que pouco a cultiva,
o hálito sexual da terra sob o arado.

2.ª

De onde quem sabe, o cigano das covas
dormir na entranha da terra, enfiado;
dentro dela, e nela de corpo inteiro,
dentro mais de ventre que de abraço.
Contudo, dorme na terra uterinamente,
dormir de feto, não o dormir de fato;
escavando a cova sempre, para dormir
mais longe da porta, sexo inevitável.

Os versos 1 e 2 da primeira parte e 15 e 16 da segunda parte de "Nas covas de Baza" (I) mantêm igual posição nas partes correlatas de "Nas covas de Guadix" (II). A partir de 2 e até 12 inclusive, os seis versos restantes da 1ª de II são 7 e 8 da 1ª de I e 13, 14, 11, 12 da 2ª de I. Os oito versos da 2ª de II são, pela ordem, 5, 6, 3, 4 da 1ª e 9, 10 da 2ª de I, excluindo-se os fixos, 15 e 16. Teremos, portanto, como série de "Nas covas de Guadix", 1, 2, 7, 8, 13, 14, 11, 12 para a primeira parte e 5, 6, 3, 4, 9, 10, 15, 16 para a segunda. Se excluirmos desses números, correspondentes aos versos de "Nas covas de Guadix", pelo motivo já apontado, 2, 15 e 16, veremos que os restantes formam uma série numérica que se relaciona, por uma dada razão, à série numérica, de 3 a 14, de "Nas covas de Baza". Cada número de II que não seja 1, 2, 15, 16 é gerado pelo número de I que representa a ordem de sua posição na oitava a que pertence, adicionando-se-lhe 4 ou 8, se é da primeira oitava, e subtraindo-se-lhe os mesmos algarismos, se é da segunda. A representação abaixo, em que os dois poemas aparecem embutidos, esclarece perfeitamente o que acabamos de formular:

	1ª I	1ª II		2ª I	2ª II
1			9	(– 4) =	5
2			10	(– 4) =	6
3	(+4) =	7	11	(– 8) =	3
4	(+4) =	8	12	(– 8) =	4
5	(+8) =	13	13	(– 4) =	9
6	(+8) =	14	14	(– 4) =	10
7	(+4) =	11	15		
8	(+4) =	12	16		

Na parelha "O mar e o canavial" / "O canavial e o mar", que examinamos sob o aspecto da elocução, as duas partes em correspondência são também, como na anterior, oitavas nas quais se distingue o recorte das quadras componentes. Em cada quadra há um enunciado principal que a encabeça seguido por três outros exemplificativos, formando quatro grupos, dois por parte ou por oitava. Os versos exemplificativos, iguais para os dois poemas, apenas mudam de posição nas estrofes correspondentes. Mas os quatro versos enunciativos de II ligam, numa outra relação verbal, os mesmos termos básicos – *mar* e *canavial* – de seus análogos de I. Com esses oito versos, teremos dois pares de relações, um positivo (+) e um negativo (–). Juntando-se-lhes os doze versos exemplificativos, iguais nas duas composições, todos os versos de ambas estarão reunidos no seguinte quadro:

I	A
O que o mar sim aprende do canavial (+)	a elocução horizontal de seu verso.
II	
O que o canavial sim ensina ao mar (+)	a geórgica de cordel ininterrupta. narrada em voz e silência paralelos.
I	B
O que o canavial sim aprende do mar (+)	o avançar em linha rasteira de onda;
II	
O que o mar sim ensina ao canavial (+)	o espraiar-se minucioso, de líquido, alagando cova a cova onde se alonga.

I	C
O que o mar não aprende do canavial (–)	a veemência passional da preamar;
II	
O que o mar não ensina ao canavial (–)	a mão-de-pilão das ondas na areia, moída e miúda, pilada do que pilar.
I	D
O que o canavial não aprende do mar (–)	o desmedido do derramar-se da cana;
II	
O que o canavial não ensina ao mar (–)	o comedimento do latifúndio do mar, que menos lastradamente se derrama.

Independentemente da mudança de posição de seus termos básicos – *mar* e *canavial* – e da diferença dos verbos que os unem – *aprender* e *ensinar* – nos dois pares de valor positivo de I e II, os versos paralelos a eles pertencentes e que enunciam os mesmos exemplos (A e B) são, logicamente, *relações conversas* e *simétricas* entre si. Portanto, nesses dois pares de valor positivo, *ensinar* e *aprender* atendem a uma só ordem relacional. Sendo assim, os enunciados do poema derivado são equivalentes, dois a dois, aos do primitivo. Nesse caso, a lógica da composição aproxima-se da lógica formal e dela se afasta assimptoticamente. Do ponto de vista lógico-formal, o enunciado converso tem o mesmo valor do primitivo, e assim os dois poemas, I e II, feitos com o mesmo tipo de relação, seriam repetitivos. A boa lógica da composição mostra, todavia, que nem toda repetição é redundante, e que dos mesmos sintagmas dispostos em ordens diferentes pode-se extrair uma informação estética nova. Simbolizando-se *mar* por *m*, *canavial* por *c*, e a relação *aprender* e *ensinar* por *R*, podemos completar o quadro anterior, esquema geral que abrange a matéria dos dois poemas, pelos diagramas de I (forma primitiva) e II (forma derivada):

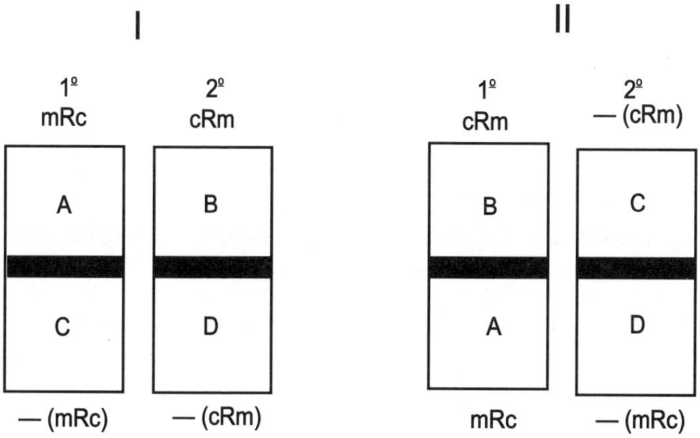

Acima e abaixo dos quadrados, que representam os recortes das oitavas em quadras, estão as abreviaturas dos versos enunciativos. Vê-se por aí que a estrutura de II resulta da colocação dos pares *mRc* / *cRm* e – (*mRc*) / – (*cRm*), juntamente com os grupos diversos que se repetem (A, B, C, D), numa ordem tal que a primeira parte desse poema contém só os positivos, e a segunda, os negativos, sendo o inverso do outro o membro de cada par.

Em outro caso – "Uma mineira em brasília" / "Mesma mineira em Brasília" –, a permuta é combinada com a reiteração sonora paronomástica, que produz, de imediato, afluxo de sentido novo. Podemos distinguir, nessa parelha, dois esquemas formativos: a repetição dos versos, isoladamente ou em grupo de quatro, com ou sem paronomásia, no poema derivado; a introdução de versos novos em II. Dividindo-se, como antes fizemos para "O mar e o canavial" / "O canavial e o mar", as oitavas de ambos pelo meio, e denominando A, B, C, D os grupos de quatro versos, a parelha a que nos referimos terá a seguinte forma gráfica:

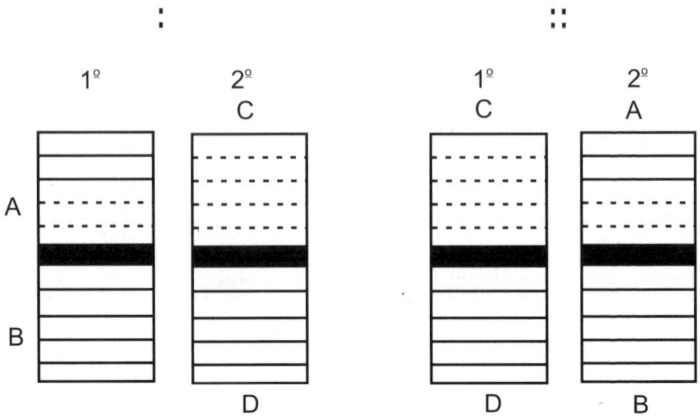

As horizontais indicam os versos, de uma quadra, que se repetem, ressalvando-se porém que a repetição não é pura; os pontilhados, os versos diferentes. Cotejando-se A I e A II, observaremos, nos dois primeiros versos de cada grupo, a mudança de sentido decorrente da paronomásia:

A I

Aqui, as horizontais descampinadas
farão o que os alpendres sem ânsia,
dissolvendo no homem o agarrotamento
que trouxe consigo de cidades cãibra.

A II

Aqui, as horizontais descampinadas
farão o que os alpendres remansos,
alargando espaçoso o tempo do homem
de tempo atravancado e sem quandos.

Em B I e B II, a paronomásia combina-se com a substituição de palavras, como pseudo-sinonímia:

B I

Mas ela já veio com o lhano que virá
ao homem daqui, hoje ainda crispado:
em seu estar-se tão fluente, de Minas,
onde os alpendres diluentes, de lago.

B II

Mas ela já veio com a calma que virá
ao homem daqui, hoje ainda apurado:
em seu tempo amplo de tempo, de Minas,
onde os alpendres espaçosos, de largo.

Constatamos também, tal como aqui, a introdução de versos novos, diferenciadores dos componentes da parelha, em "The country of the Houyhnhnms" / "The country of the Houyhnhnms (outra composição)", mas com diferente número de versos e com um outro desenho das estrofes, que pode ser representado da seguinte forma:

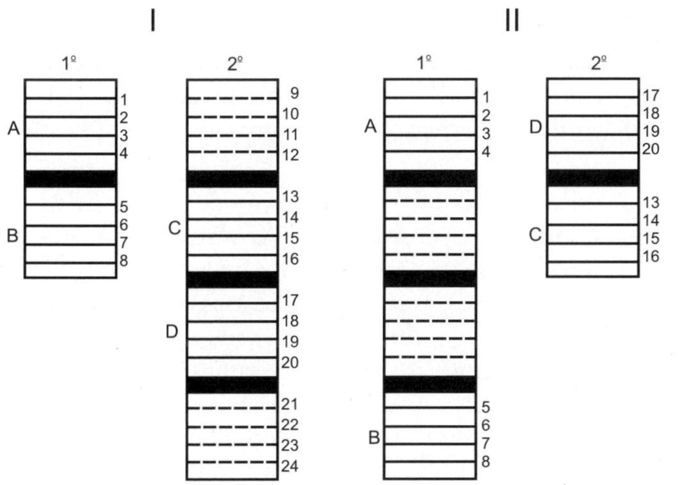

Já nesse caso, cada poema tem 24 versos, e as duas partes dos dois são cada uma o inverso da outra, quanto à posição das estrofes: 8/16 para I e 16/8 para II. A oitava de 1.ª I reaparece no seu dobro, 1.ª II, aí ocupando, quatro a quatro, segundo o recorte que o desenho mostra, oito versos dos 16. A par disso, oito da 2.ª I preenchem inteiramente a oitava de 2.ª II. As partes em pontilhado indicam os versos diferentes, em número de oito nas duas composições. Mudou apenas o traçado das estrofes, mas não sua ordem, que continua a ser baseada na disposição quaternária, isto é, na que toma quatro ou múltiplo de quatro, por base do número de versos.

Outros poemas emparelhados estão construídos sobre uma base numérica variável. Suas estrofes, não simétricas, como as de "Bifurcados de habitar o tempo" / "Habitar o tempo", "A urbanização do regaço" / "O regaço urbanizado" e "Comendadores jantando" / "Duas fases do jantar dos comendadores", dispõem-se, quanto ao número de versos, nos seguintes pares: 16/8 – 12/12; 12/18 – 16/8 e 8/16 – 12/12. Mas o índice de repetição dos versos nesses últimos, menor que "The country of the Houyhnhnms", é reduzido, fazendo-se alternadamente, como é o caso de "A urbanização do regaço", no qual o poema derivado tem apenas 13 versos iguais aos do poema matriz, tomados da primeira e/ou da segunda parte deste. Quatro versos iniciais da primeira parte e dois outros da segunda ("Bifurcados de habitar o tempo"), ou ainda quatro da primeira e quatro da segunda ("Comendadores jantando") repetem-se, como que casualmente, nas respectivas formas derivadas.[76]

3 *Ruptura com o lirismo*

A psicologia da composição, como poética negativa, possibilitou a atitude criadora favorável à construção do poema, que tende a substituir-se ao puro ato de expressão condicionado pelo impulso lírico. A *poiesis* a que a psicologia da composição deu acesso e que corresponde a todo um modo de sentir e pensar definiu também o ponto de ruptura da poesia de João Cabral com o lirismo. Visando diretamente às palavras e não aos sentimentos, que a ascese intelectual neutraliza e esvazia, a intencionalidade poética, inerente à atitude criadora assumida, guiada pela atenção reflexiva e voluntária, mantém o eu-lírico, cujos atos expressivos deixam de ter validade imediata, sob uma espécie de *epoqué*. Sem desaparecerem, mas colocados entre parênteses, os sentimentos, atingidos pelo trabalho de depuração e esvaziamento, perdem sua efetividade empírica.[77] Nesse âmbito

76. Entre "Coisas de cabeceira, Recife"/"Coisas de cabeceira, Sevilha", temos a mesma disposição estrófica: 6-10/6-10. Aqui não há propriamente permutação. Na 1.ª I, o esquema semântico "Diversas coisas se alinham na memória/numa prateleira com o rótulo: Recife/", repete-se em 1.ª II, apenas substituindo-se Recife por Sevilha. Os demais versos são diferentes. 2.ª I e 2.ª II começam com verso igual: "Algumas delas e fora as já contadas:/", preenchendo-se os demais por enumerações diferentes.

77. A *epoqué* determina uma mudança de valor daquilo que é posto entre parênteses. Os sentimentos não são anulados e sim reduzidos, sofrendo uma conversão de valor que "depende de nossa inteira liberdade". HUSSERL, *Idées pour un phénoménologie*. Paris: Gallimard, 1950, p. 99. Concomitantemente, o Eu reflexivo, que praticou a

de rompimento com a atitude expressiva do eu-lírico, que é seu espaço agonal, a poesia de João Cabral afirma-se em regime de luta permanente. Nem liquidação nem superação do lirismo, a ruptura, transformada num estado permanente, mobiliza, no sentido da construtividade, a reação pela qual essa poesia enfrentou a própria crise histórica da lírica moderna.

Para compreendermos o alcance de semelhante reação, precisamos assentar duas premissas. A primeira é que João Cabral *não rompe com as formas tradicionais do verso*. Ele inventa sua linguagem a partir delas e nelas arrimado, quaisquer que sejam as modificações que lhes imponha. Nisso consiste o paradoxo da obra desse poeta, cuja forma discursiva suporta, sem desintegrar-se, uma sobrecarga semântica e objetual de elementos não discursivos. É, enfim, o paradoxo de uma poesia de construção, aliada ao verso, de que não abdica, embora modificando-o, e à sintaxe lógica, que sustenta a lógica da composição poética.[78]

A segunda premissa é que as espécies tradicionais de verso e de estrofe, mais freqüentes em João Cabral, são as menos "literárias" e mais ligadas à tradição popular: os metros menores, encontrados nos romanceiros, e as quadras, que se aproximam mimeticamente[79] da trova dos cantadores. Segregadas, depois do romantismo, e quase inutilizadas na lírica moderna, quando da estratificação da arte rural na sociedade urbana da era industrial,[80] essas formas de verso e de estrofe, afeiçoadas, pelo lado de sua subsistência anônima, de índole folclórica, à sensibilidade mediana, adquiriram certa impessoalidade, que pode transmitir-se à dicção que as utilize. Ora, é na preponderância do individualismo moderno, o qual se manifestou, no campo da poesia, por uma necessidade de pesquisa formal, levada a cabo intensiva e extensivamente, gerando poéticas no lugar de uma

epoqué, distancia-se deles na medida em que, por esse ato, se despoja de sua condição de sujeito empírico.

78. Colocar-se-ia João Cabral no extremo limite do discursivo, e já a ponto de ultrapassá-lo. É nesse linde que as correntes poéticas de vanguarda se encontram com a poesia cabralina, a qual radicaliza o fenômeno poético, submetendo-o à indagação e à crítica. Vide PIGNATARI, Décio. A situação atual da poesia no Brasil. In: SEGUNDO CONGRESSO BRASILEIRO DE CRÍTICA E HISTÓRIA LITERÁRIA, *Anais...*, 24 a 30 de julho de 1961. São Paulo: Faculdade de Filosofia de Assis.

79. A aproximação é mimética, não apenas no sentido da retomada de uma fórmula, mas também porque o autor como que adota o ponto de vista, a *mimese* inerente à forma.

80. HAUSER, Arnold. *Educational strata in the history of art*: folk art and popular art, the philosophy of Art History. London: Routledge, 1959, p. 275. Segundo Cabral, o poeta deixou cair em desuso a poesia narrativa e consentiu que a *anedota*, herdeira da *fábula*, se degradasse. Também foram expulsas da boa literatura a poesia satírica e as letras das canções populares. Vide MELO NETO, João Cabral. *Da função moderna da poesia*.

arte poética, que João Cabral vê um dos obstáculos à comunicação da poesia.[81] Quanto mais então se reduzir o índice desse individualismo, cujos efeitos foram profícuos à expressão lírica, que se beneficiou do espírito de pesquisa formal dominante, maior será o teor comunicativo da poesia. Ocorre justamente que a pesquisa formal indispensável, tornando-se a segunda natureza da poesia moderna, não conseguiu senão definir um tipo de poema, de teor comunicativo mínimo, no qual, em proporção com as dimensões variadas e ricas de seus mecanismos expressionais, o individualismo alcançou o mais elevado índice possível. Conseqüentemente, será necessário, para aumentar o teor comunicativo da linguagem poética, conduzir de outro modo esse espírito de pesquisa, dirigindo-o no sentido do aproveitamento das formas menos favoráveis à expressão individualismo que saturou a lírica moderna.

A poesia cabralina, que se retrai à atitude lírico-expressiva de afirmação do Eu, divorcia-se do poema moderno típico, que o poeta pernambucano definiu como um "híbrido de monólogo interior e discurso de praça, de diário íntimo e de declaração de princípios, de balbucio e de hermenêutica filosófica, monotonamente linear e sem estrutura discursiva ou desenvolvimento melódico, escrito quase sempre na primeira pessoa e usado indiferentemente para qualquer espécie de mensagem que seu autor possa enviar".[82] Foi por inércia que o poeta contemporâneo, consolidando o divórcio entre a expressão pessoal e sua "contraparte orgânica – a comunicação", chegou a semelhante forma, a que falta *construção* e *organicidade*. "Esse tipo de poema, continua João Cabral, é a própria ausência de construção e organização; é o simples acúmulo de material poético, rico, é verdade, em seu tratamento do verso, da imagem e da palavra, mas atirado desordenamente numa caixa de depósito".[83] A falta de construção e de organicidade desfavoreceu a comunicabilidade.

Por oposição a esse poema, que traiu Anfion, deixando-o distante da "nuvem civil sonhada", às portas da cidade onde não pôde entrar; por oposição a esse poema é que João Cabral, numa atitude contrária ao envolvimento da expressão que levou a tal produto fechado e híbrido da poesia contemporânea, passa a considerar nas formas tradicionais "sua possível função

81. Ver MELO NETO, João Cabral. *Poesia e composição*: a inspiração e o trabalho de arte.
82. MELO NETO, João Cabral. *Da função moderna da poesia*.
83. Ibidem.

social de comunicação". O poeta, que não renuncia ao espírito de pesquisa formal dominante, desvia porém as fundamentais conquistas técnicas que desse espírito derivam, da forma típica representativa da estrutura da lírica moderna – na qual o dilaceramento e a clausura da linguagem poética atingiram o mais alto grau – para formas e gêneros relegados ao abandono, insuficientemente aproveitados, e mais compatíveis com os meios de comunicação da sociedade de massa.[84] Submetidos a uma intencionalidade diferente da que lhes deu origem histórica, essas formas de verso e de estrofe se integrarão, como formas parciais, às estruturas gerais da lógica da composição, passando a constituir, do mesmo modo que certos gêneros – a parábola e a sátira –, partes de um sistema poético aberto que aproxima mais do que separa a prosa da poesia.

4 Miró, Cabral e Ponge

Quase todas as tendências e as peculiaridades da poesia de João Cabral, que anteriormente destacamos e examinamos, podem ser recapituladas pelo ensaio que o poeta pernambucano dedicou à pintura de Joan Miró.[85] Refletindo sobre Miró, João Cabral refletiu-se nele. Por força da afinidade que os une, o poeta falou de si mesmo ao falar do pintor. Viu na pintura do outro uma medida análoga à de sua própria poesia. E o que nos diz naquele ensaio a respeito da trajetória artística do catalão serve também, com as necessárias reduções, para definir adequadamente o rumo de sua própria experiência poética.

É sob a motivação pressionante de uma crise que a arte de ambos se desenvolve: a do lirismo em Cabral, a da visão pictural em Miró. Respondendo a essa crise, que se traduz num e noutro pela consciência crítica aplicada ao repertório de formas, que a revolução modernista legou ao poeta e a revolução cubista ao pintor, ambos adotam uma idêntica atitude de ruptura. Miró rompe com a profundidade da perspectiva, João Cabral, com a poesia profunda. Depois desse primeiro rompimento, o catalão encaminha-se para uma *arte de superfície* cujas leis negativas

84. Indiferente ao rádio, à televisão e ao cinema, o poeta moderno continua a servir a poesia em "invólucros anacrônicos" que desatendem às novas condições que cercam o leitor na vida moderna. Vide MELO NETO, João Cabral. *Da função moderna da poesia*.

85. MELO NETO, João Cabral. *Joan Miró*. Rio de Janeiro: Ministério da Educação e Saúde, 1952 (Os Cadernos de Cultura, 12).

comportam o esvaziamento de toda uma estrutura visual persistente e a construção de formas que se regem pela constância do dinamismo próprio da linha. Analogamente, afastando-se das profundezas da vida subjetiva, João Cabral encaminha-se para uma *poesia de superfície*,[86] cuja intencionalidade, voltada na direção das "coisas feitas de palavra", lhe permite compor ao decompor a experiência subjetiva como matéria de expressão lírica, fazendo da depuração e do esvaziamento as leis de sua poética negativa.

A atitude de Miró, despojando a experiência da intervenção passiva do hábito, que se insinua tanto na concepção como na técnica, está marcada por essa mesma necessidade de depuração. À "luta permanente, no trabalho do pintor para limpar seu olho do visto e sua mão do automático" corresponde a luta permanente de João Cabral para limpar sua sensibilidade dos automatismos afetivos que constituem o "sentimentário",[87] e sua dicção, dos refinamentos formais supérfluos, facilmente automatizáveis e já estereotipados na tradição da própria poesia moderna. Essa luta, que é a do poeta no campo da folha em branco, espaço no qual se depositam os signos da escrita, e a do pintor, no campo da tela ou da parede, onde nasce a forma de uma outra grafia, coloca ambos "numa situação de pureza e liberdade diante do hábito e da habilidade". Mas a pureza que os dois alcançam não é a pureza da essência platônica, desprendida da matéria e alçada a um reino transcendente. É, ao contrário, a que se obtém por um retorno à virtude poética do fazer, solidária ao sentido produtivo do trabalho e às qualidades do material. Seja qual for a matéria a que se aplique – palavras, linhas ou cores – esse fazer, como "inocência construtiva",[88] não escamoteia, nos objetos que fabrica, sua natureza de trabalho artesanal.[89] Submete-se o *fazer* às exigências da matéria dura

86. A superfície é aqui o domínio dos fenômenos, com seus entrelaces e níveis, como sucessão de aparências consistentes. Mas a arte de Cabral, que integra o humor, também pode chamar-se arte de superfície, no sentido de que o humor, distinto do trágico e do irônico, e relacionando o senso com o não-senso, "*est l'art des surfaces et des doublures… le savoir-faire de l'évènement pur ou la 'quatrième personne du singulier' — toute signification, designation et manifestation suspendues, toute profondeur abolie*". DELEUZE, Gilles. De l'Humour. *Logique du sens*, Paris: Les Éditions de Minuit, 1969, p. 166.

87. Os automatismos afetivos do poeta "sincero na emoção", que sente "por caderno de encargos". PESSOA, Fernando — Álvaro de Campos. Nota ao Acaso. *Páginas de doutrina estética*. Seleção, prefácio e notas de Jorge de Sena. Lisboa: Editorial Inquérito.

88. ANDRADE, Oswald de. *Manifesto da poesia pau-brasil*, 1924.

89. Até no uso do princípio de *série* à composição revelar-se-ia esse artesanato: "…sua série é ainda artesanal, no sentido de objetos feitos à mão por um artesão, que nunca

e irredutível. Condicionando a marcha do trabalho do pintor, ela encaminha a "mão artesanal" que a sopesa e dirige. Não menos duras e resistentes são as palavras a que o poeta contrapõe sua iniciativa própria, depois de lhes ter reconhecido uma natureza e uma ação originárias. Libertação dos hábitos mentais, a depuração, que esvazia aquilo em que toca para instaurar um novo começo de experiência, opõe-se, pelo controle reflexivo da *inteligência agente* de que depende, tanto ao espontâneo quanto ao acadêmico. Pode-se dizer que o tão decantado intelectualismo de João Cabral é aquilo mesmo que João Cabral disse do intelectualismo de Miró: uma atitude de vigilância e lucidez no *fazer*, contrária ao *deixar-se fazer* do espontâneo e ao *saber fazer* do acadêmico, pelo qual o poeta pernambucano, relacionado com o realismo plástico do pintor catalão, relaciona-se também com o realismo verbal de Francis Ponge.

Construindo o poema prismático, que une, por meio de qualidades concretas, tema e objeto, João Cabral e Francis Ponge exploram, em suas dimensões e em sua espessura, o universo das palavras-coisas. Sob a perspectiva social que o problema da comunicação lhe impõe e por uma outra visão da realidade, a poesia de Cabral, armada em diferentes degraus de abstração e concretude, incide na "retórica do objeto"[90] de que fala Ponge, diante da qual a diferença qualitativa entre a prosa e a poesia tende a desaparecer, absorvida pela lógica da composição, que libera os mecanismos poéticos inerentes à linguagem. A retórica do objeto, como cirurgia verbal que recompõe ou desdobra palavras-coisas, dissecadas ou reduzidas, está descrita na parte do "Sim contra o Sim", de *Serial*, dedicada ao autor de *Le parti pris des choses*:

Francis Ponge *outro cirurgião,*
adota uma outra técnica:
gira-as nos dedos, gira
ao redor das coisas que opera.

os faz todos iguais..." CAMPOS, Haroldo de. O geômetra engajado. *Metalinguagem*. Petrópolis: Vozes, p. 74.

90. Essa retórica do objeto baseia-se nas três dimensões da linguagem: a gráfica, a sonora e a semântica. Às relações entre Cabral e Ponge interessa sumamente a descrição por meio de qualidades concretas. Em ambos, a escrita poética é campo de convergência de vários objetos em torno de um só, posto em foco. Tanto num como noutro as palavras são "*un monde concret, aussi dense, aussi existant que le monde extérieur*". PONGE, Francis. *Le grand recueil*. Paris: Gallimard, 1961, p. 272-273.

Apalpa-as com todos os dez
mil dedos da linguagem:
não tem bisturi reto,
mas um que se ramificasse.

Com ele envolve tanto a coisa
que quase a enovela
e quase, a enovelando,
se perde, enovelado nela.

E no instante em que até parece
que já não a penetra,
ele entra sem cortar:
saltou por descuidada fresta.

5 Linguagem, percepção, comunicação

Precisamente porque João Cabral opera com os "dez mil dedos da linguagem", sua poesia não está fechada no universo do discurso por ela própria construído. O movimento dessa poesia, que se desloca quase sempre, conforme constatamos, do plano da linguagem-objeto ao da metalinguagem, vai além "da oscilação inquieta entre palavra e objeto".[91] No intervalo dos dois planos, a intencionalidade criadora do poeta encontra o horizonte perceptivo, que é seu "ponto de ancoragem no mundo".[92] Assim como a lógica lhe dita o rigor da construção, o horizonte perceptivo regula a clareza de suas imagens, por intermédio das quais irrompe não só a riqueza do mundo visível, como a penúria e a impureza do mundo humano, ambos dessubstancializados.

Dada a consciência lingüística de sua poesia, nenhuma distinção preliminar estabelece João Cabral entre palavra e coisa, uma nascendo da outra na trama do discurso, de que também se formam as conexões desse mundo, onde os objetos são entes verbais divisíveis, e a linguagem, a condição *a priori* que torna possível esse modo de objetificar denominado "coisa". A própria clareza que seduz o poeta não é a do realismo ingênuo, que pressupõe um encontro intuitivo com o real, anterior a

91. SARTRE. L'homme et les choses, *Situations*, I. Paris: Gallimard, 1947, p. 245.
92. MERLEAU-PONTY. *Phénoménologie de la perception*. Paris: Gallimard, 1945, p. 169.

qualquer esforço de simbolização. É o ideal de adequação do realismo reflexivo, consciente de que o máximo de clareza a nós acessível "não está no começo da linguagem, como uma idade de ouro, e sim no extremo de seu esforço".[93] Mas vem desse mesmo ideal a experiência das tensões entre a realidade perceptiva e as significações, da diferença entre os signos, nos quais as coisas se objetificam ou se constroem, e a percepção como horizonte de abertura, por onde elas aparecem e se fazem presentes. Por sob o movimento das palavras, lateja sempre o movimento das coisas. O essencial ao poeta é ver e dar a ver, como no poema intitulado "A palavra seda", de *Quaderna*, esses dois movimentos, jamais desligados, fazendo-se e completando-se um no outro. Nessas condições, ir da coisa à palavra ou da palavra à coisa são percursos equivalentes no âmbito da linguagem-objeto.[94]

Mas esse âmbito não é mais para João Cabral o recinto mágico, a forma substancializada da linguagem poética, cuja intransitividade resultaria da atitude fatal do poeta, "que considera as palavras como coisas e não como signos".[95]

Infenso ao envolvimento mágico da obra, a que se esquiva e de que procura resguardar o leitor, expondo, principalmente pela desagregação da metáfora, os mecanismos ocultos da poesia construída como máquina da linguagem, move-se João Cabral num espaço poético mais livre, dimensionado pelo horizonte da percepção entre a linguagem-objeto, em que não se fecha, e a metalinguagem, que lhe permite cultivar a consciência de poeta-construtor e suspender a sentença de intransitividade que alcançara a natureza da poesia.

Em conseqüência disso tudo, o fracasso de Anfion é relativo. Se os meios de comunicação social o marginalizam, sua obra já não o clausura mais na cidadela do poema. É que ligando a composição poética a registros temáticos definidos, independentemente do sujeito que fala, João Cabral procurou devolver à poesia seu poder de comunicação. Mas sob o ângulo desses registros temáticos, outros serão, na linguagem poética,

93. MERLEAU-PONTY. Le langage indirect et les voix du silence. *Signes*. Paris: Gallimard, 1960, p. 103.

94. "...foi da palavra à coisa:/por árdua que seja,/ou demorada a coisa;/seja áspera ou arisca,/em sua coisa, a coisa;/seja doida, pesada,/seja, enfim, coisa, a coisa". CABRAL DE MELO NETO, João. "Fábula de Rafael Alberti", 1963.

95. SARTRE. *Qu'est-ce que la littérature. Situations*, II. Paris: Gallimard, 1948, p. 64.

que é linguagem afetiva,[96] a função e o valor dos sentimentos atingidos pela depuração e pelo esvaziamento.

Se a poesia é linguagem afetiva, não quer isso dizer, entretanto, que ela o seja apenas porque e quando exprime as modificações internas do sujeito, que a psicologia clássica abrangeu no domínio geral da sensibilidade ou da afetividade. Ela o é ainda quando os sentimentos ou emoções integram, deixando de condicionar a unidade do sujeito e do objeto, aquele plano de fundo da experiência subjetiva para onde, já na primeira fase da poesia cabralina, o sonho tematizado e as imagens visionárias transitaram. Com esse trânsito, evidentemente, as vivências afetivas, atingidas por uma espécie de *epoqué* que lhes retira a efetividade e a imediatidade empíricas, mudam de valor. Enquanto na expressão lírica pura a emoção se transporta ao conteúdo anímico da palavra, que funde todo e qualquer objeto à fala do sujeito, na arte decorrente da experiência de construção que nos dará a *máquina do poema*, o conteúdo emocional funciona como instância motivadora. É ainda a *Stimmung*, mas com o valor de *a priori* afetivo. O sentimento condiciona o uso da linguagem, marcando o limiar de acesso a uma situação temática ou a um objeto determinado.

Incorporada ao poema construído como *machine à émouvoir*, a emoção, *abstrata* e *geral*,[97] produto do pensamento reflexivo, e que é a medida maior de toda arte, torna-se, por sua vez, despertando no leitor a receptividade às significações que os temas da composição condensam, o *a priori* da comunicação. De todo oposta ao estado emocional passivo, como reação de defesa e de fuga, de evasão ou de apropriação mágica do mundo,[98] a emoção assim valorizada converte-se num estado de compreensão intuitiva, que deverá produzir a poesia transparente, capaz de desnudar as coisas ao desnudar-se a si mesma.

Nessa perspectiva que a construtividade lhe impõe, fica o poeta não só distanciado de si próprio como das coisas mesmas. Apreendê-las significará construí-las na linguagem por meio de decomposições e recomposições sucessivas, que aparentam o

96. "Poesia é linguagem afetiva, e assim é que tudo pode ser tratado poeticamente". CABRAL DE MELO NETO, João. "Um poeta ganha cem mil cruzeiros". Entrevista com Vinicius de Morais.

97. É ao "caráter geral e abstrato da emoção", produto da sensibilidade objetiva e impessoal, que se deve, juntamente com a *construção* dos significados, a sobrevivência das obras literárias. PESSOA, Fernando. *Páginas de estética e de teoria e crítica literárias*. Textos estabelecidos e prefaciados por Georg Rudolf Lind e Jacinto do Prado Coelho. Lisboa: Edições Ática.

98. SARTRE. *Esquisse d'une théorie des émotions*. Paris: Hermann Éditeurs, 1948.

ato de elaboração do poema a uma *atividade estruturalista.*[99] Além disso, desarticulando-se a unidade lírica entre linguagem e *estado de ânimo*, o poeta agencia, independentemente da voz individual de seus sentimentos, um discurso proso-poético que fala, absorvendo a sintaxe lógica do pensamento discursivo, de objetos comunicáveis, numa dicção cuja transparência, sujeita a controle, objetifica as palavras sem mitificar a linguagem.

Semelhante posição resulta, finalmente, numa total responsabilidade do poeta construtor para com a linguagem, responsabilidade que não se esgota no dever abstrato de cultivar e enriquecer o patrimônio coletivo da língua que às suas mãos passou. Ele responderá pela utilização da língua como *langage opérant*[100] que, num sentido oposto ao da mitificação da linguagem, deverá manifestar o oculto e revelar o encoberto. Dessa forma, não será indiferente a João Cabral nem o modo de dizer nem aquilo que a poesia possa dizer. Se são os temas, desligados do predomínio lírico dos sentimentos, que mobilizam o discurso, se são ainda os temas que garantem a comunicabilidade desse discurso, importa escolhê-los e tratá-los de maneira a que se concretize a total responsabilidade do poeta perante a linguagem.

O sentido didático da poesia de João Cabral comprova que ele assumiu plenamente essa atitude de compromisso. Daí a relevância do humor cabralino, a serviço da sátira social, mas também associado à reflexão sobre a poesia. São os dois capítulos inseparáveis de uma só *didática de pedra*.

6 O "inconformado conformista"

O humor de João Cabral está distante da galhofa que temperou o sarcasmo e a ironia dos poetas de 1922. Não apenas irônico, João Cabral usa contra si próprio, ao ver-se, em "Retrato de escritor", como exemplar de uma estranha espécie solúvel em tinta de escrever, ou ao prestar ao comprimido de analgésico a homenagem de "Num monumento a aspirina" o sarcasmo que servirá para carregar a arma da sátira.

99. *"L'homme structural prend le réel, le décompose, puis le récompose; c'est en apparence fort peu de chose... Pourtant, d'un autre point de vue, ce peu de chose est décisif; car entre les deux objets, ou les deux temps de l'activité structuraliste, il se produit* du nouveau, *et ce nouveau n'est rien moins que l'intelligible générale..."* BARTHES, Roland. L'activité structuraliste, *Essais critiques*. Paris: Aux Éditions du Seuil, 1964, p. 214-215.

100. MERLEAU-PONTY. Le langage indirect et les voix du silence. *Signes*, p. 94, ed. cit.

Acre, contundente, desvendando o âmago visível das situações e exibindo o resíduo inumano, a essência cruel da existência, o grotesco e o absurdo das coisas, o humor de João Cabral é, como o humor negro, "inimigo mortal do sentimentalismo que está sempre à espreita".[101] Mas ao contrário deste, que se detém nos limites do grotesco e do absurdo, a atitude humorística do nosso poeta, nutrida por todas as asperezas de que a sinceridade intelectual é capaz, sobe ao extremo da amargura virulenta de Swift, a qual lhe dá a tônica para a impiedade da sátira.

De variadas possibilidades, essa verve, que tanto melhor arma satírica é quanto mais se aguça, sob a aparência do indiferentismo que banaliza as coisas graves e ridiculariza o sério, seu poder de penetração analítica redunda na "evidência obtida pela aniquilação",[102] que marca o mais autêntico e refinado humor. Num só díptico macabro, "Duas das festas da morte", o exterior solene, cerimonioso, anula-se na paródia caricatural, e a cena idílica, inocente, no quadro confrangedor:

Recepções de cerimônia que dá a morte:
o morto, vestido para um ato inaugural;
e ambiguamente: com a roupa do orador
e a da estátua que se vai inaugurar.
No caixão, meio caixão meio pedestal,
o morto mais se inaugura do que morre;
e duplamente: ora sua própria estátua
ora seu próprio vivo, em dia de posse.

Piqueniques infantis que dá a morte:
os enterros de criança no Nordeste:
reservados a menores de treze anos,
impróprios a adultos (nem o seguem).
Festa meio excursão meio piquenique,
ao ar livre, boa para dia sem classe;
nela, as crianças brincam de boneca,
e aliás, com uma boneca de verdade.

Não falta à caricatura, como se pode notar em "Sobre o sentar-/estar-no-mundo", que é paródia da inquietude

101. BRÉTON, André. Préface. *Anthologie de l'humour noir.* Paris: Jean-Jacques Pauvert, 1966, p. 21.
102. RIBEIRO, João. *Páginas de estética.* Rio de Janeiro: Livraria São José, 1963, p. 66.

existencial, a agressão do obsceno, que o ritmo grave do decassílabo, combinado com expressões coloquiais e vulgares, ainda mais acentua:

Onde quer que certos homens se sentem
sentam poltrona, qualquer o assento.
Sentam poltrona: ou tábua-de-latrina,
assento além de anatômico, ecumênico,
exemplo único de concepção universal,
onde cabe qualquer homem e a contento.
. . . .
A vida toda, se sentam mal sentados,
e mesmo de pé algum assento os fere:
eles levam em si os nós-senão-pregos,
nas nádegas da alma, em efes e erres.

Um ritmo solene e heróico contrasta, em "Comendadores jantando" / "Duas fases do jantar dos comendadores", com a rigidez das poses e atitudes automáticas que são descritas nessa parelha de poemas. O obsceno transforma-se num gesto verbal, num palavrão gráfico, sinal de revolta e de repúdio, que o Mandacaru "dá em nome da caatinga anã e irmã" no "Duas bananas e a bananeira", de *A educação pela pedra*. Os habitantes do agreste e da caatinga revestem-se, nessa escala humorística, da condição dos Yahoos de Swift, que os Houyhnhnms não entendem e cuja humanidade desconhecem. Mas a nota swiftiana do humor, que escarnece daquilo mesmo de que se compadece e que encontramos pela primeira vez em "Alto do Trapuá" (*Paisagens com figuras*), está condensada no retrato em amarelo do Nordeste ("Os reinos do amarelo", de *A educação pela pedra*), que expõe, nos vários tons dessa cor – no sarro, na bile, no ranho, na tristeza e no analfabetismo – até à suprema abjeção do escarro vivo, os resíduos em que o homem se decompõe:

Embora comum ali, esse amarelo humano
ainda dá na vista (mais pelo prodígio):
pelo que tardam a secar, e ao sol dali,
tais poças de amarelo, de escarro vivo.

As intenções do humor cabralino podem ser resumidas pela imagem fundamental da *pedra*, palavra emblemática gravada no título do último livro do poeta. Tanto no poema-título desse volume quanto em "The country of the Houyhnhnms", no qual essa imagem está associada à das facas de ponta, expõem-se os capítulos inseparáveis de uma *didática de pedra*. É um ensinamento que compreende três lições – de moral, de poética e de economia – precedidas de uma parte geral introdutória destinada a *despreparar* o indivíduo dos hábitos de ênfase e de expressão pessoal. São a resistência, a solidez e a permanência os princípios de moral da pedra. A poética vem de sua matéria tangível e palpável; a economia, de sua forma sóbria e contida. Na verdade, as distintas preleções da pedra comportam uma única lição de poética, que desenvolve, reafirma e aperfeiçoa a norma ditada pela "Ode mineral" de *O engenheiro*: "Procura a ordem / que vês na pedra: / nada se gasta mas permanece". A invocação à pedra corresponderia, então, como *vontade de petrificar*, a um medusamento da subjetividade.

Nesse medusamento, que desviou a experiência poética do fluxo inconsistente da vida interior, sem produzir sobre as coisas e as palavras um efeito de imobilidade e de substancialização metafísicas, baseia-se a visão ética da poesia de João Cabral, na qual o mundo e o homem, a sociedade e o indivíduo, em posição de partes adversas, confrontam-se hostilmente e tratam-se com dureza.[103] À agressão do mundo e da sociedade, opõe o indivíduo a agressão contrária e obstinada de sua resistência pétrea. Vontade negativa, a vontade de petrificar hostiliza o mundo que a hostiliza. Agredindo o mundo com seu *não* permanente, que ora o repele e esvazia, mas que igualmente endurece e solidifica suas formas para melhor mostrá-las e julgá-las, essa visão ética, severa (e severina) tem sua contraparte na poética de esvaziamento, que visando ao rigor e à clareza alcança a abstração e a concretude. As lições de *A educação pela pedra* une, numa só didática, a ética e a poética que acabamos de especificar:

Uma educação pela pedra: por lições;
para aprender da pedra, freqüentá-la;
captar sua voz inenfática, impessoal
(pela de dicção ela começa as aulas).
A lição de moral, sua resistência fria
ao que flui e a fluir, a ser maleada;
a de poética, sua carnadura concreta;

103. "*Presque toujours, le mot dur est l'occasion d'une force humaine, le signe d'un courroux ou d'un orgueil, parfois d'un mépris. C'est un mot qui ne peut rester tranquillement dans les choses*". BACHELARD, Gaston. Les métaphores de la dureté. *La terre et les rêveries de la volonté*. Paris: Librairie José Corti, 1948, p. 64.

a de economia, seu adensar-se compacta,
lições da pedra (de fora para dentro,
cartilha muda), para quem soletrá-la.

Outra educação pela pedra: no Sertão
(de dentro para fora, e pré-didática).
No sertão a pedra não sabe lecionar,
e se lecionasse, não ensinaria nada;
lá não se aprende a pedra: lá a pedra,
uma pedra de nascença, entranha a alma.

A segunda parte desse poema traz a medida, senão o modelo, da ética severa de que falamos, por intermédio da qual a poesia cabralina, integrando-se à paisagem humana do Nordeste, liga-se ao sentido do romance da década de 1930 e à universalização dos valores regionais consumada pela novelística de Guimarães Rosa.

O paradigma do mundo hostil é esse Nordeste, microcosmo do poeta, que o reflete e em que ele se reflete. Numa empatia silenciosa, João Cabral incorpora-o como um dado pessoal ao tom impessoal, conformado inconformista, sempre "capaz de pedra", de sua poesia.

A pedra, que alhures chamamos de palavra tema ou emblemática, é, pois, um multissímbolo. Contendo o ideal poético de contenção e de impessoalidade, de petrificação ou mineralização das palavras, e o ideal ético de resistência fria, de dureza obstinada e agressiva, ela se transforma em lâmina de faca, seca e limpa, ferindo, como a prosa de Graciliano Ramos, no poema homônimo de *Serial,*

....
quem padece sono de morto
e precisa um despertador
acre, como o sol sobre o olho:

que é quando o sol é estridente,
a contra-pelo, imperioso,
e bate nas pálpebras como
se bate numa porta a socos.

❧ JOÃO CABRAL: FILOSOFIA E POESIA

I

Nunca são diretas e sim transversais as relações entre poesia e filosofia. Mas se o poeta é eminentemente crítico como João Cabral, se a poesia, para ele, nasce em contraposição a todo êxtase, a toda inspiração, e portanto contra o vezo para o irracional, o vago e o místico, de um movimento de ascese, capaz de criar o poema como "trabalho de arte", se esse mesmo crítico poeta ou poeta crítico escreve *Psicologia da composição* – na verdade uma filosofia da composição, senão uma fenomenologia do poema, tematizando, como permanente acompanhamento de sua obra, a ascese que depura pacientemente a linguagem até neutralizar aí o sujeito como Eu, para assegurar à mesma linguagem a comunicabilidade por meio da forma construída –, então mais prosperam as relações transversais entre poesia e filosofia.

A *Psicologia da composição* é, afinal, uma psicanálise do poema, negando a poesia dita profunda, seu vocabulário sublimado, nobre, puro, universal e escolhendo a poesia de superfície, rude, vulgar, popular em sua semântica, enquanto a fenomenologia, a ela implícita, realça o lastro de *qualia* sensíveis nada peregrinos, desse modo valorizando uma imageria material mais pegada ao chão da linguagem, e portanto mais baixa, mais prosaica. A cada leitor seria entregue em cada tema, qualquer que ele fosse, o funcionamento verbal do poema, exposto o mecanismo de seus componentes retóricos e metafóricos. Assim dar-se-ia no exemplar *O cão sem plumas*, que carreia, como logo depois fará *O rio*, as qualidades de um mundo truncado – o sujo, o viscoso, o podre e o espesso –, com seus homens de natureza desfalcada, sujeitos passíveis de uma geral corrosão que atinge internamente, conferindo-lhes um caráter residual de dejeto psíquico os versos que deles falam:

Como o rio,
aqueles homens
são como cães sem plumas.
(Um cão sem plumas
é mais
que um cão saqueado;
é mais
que um cão assassinado).
....

Se aqui como em *Morte e vida severina*: *auto de natal pernambucano* (1954-1955) impera a regionalização, que transcende o regionalismo, em *Paisagens com figuras*, do mesmo período, sobrepõem-se, no conjunto de uma geografia imaginária e real, regiões entre si distantes, Recife e Castela, o sertão pernambucano e a Andaluzia. É antes de tudo um variável lastro de referencialidade que garante o alcance da "intenção de se comunicar" tanto na "segunda água", que continuará, depois de *O rio* e de *Morte e vida severina*, em *Dois parlamentos* (1958-1960) e no *Auto do frade* (1984), quanto na "primeira água", que prosseguirá, depois de *O engenheiro* e *Psicologia da composição*, em *Uma faca só lâmina* (1955), *Quaderna* (1956-1959), *Serial* (1959-1961), *A educação pela pedra* (1962-1965) e *Museu de tudo* (1966-1974) – ambas pela primeira vez reunidas em *Duas águas* (1956) e de certa maneira misturadas em *Escola das facas* (1975-1980), *Agrestes* (1981-1985), *Crime na Calle Relator* (1985-1987), *Sevilha andando* (1987-1993) e *Andando Sevilha* (1987-1989).

Esse lastro de referencialidade, mencionado pelo próprio Cabral como "seu dom antigo/ de fazer poesia com coisas", é sustentado por três processos gerais que norteiam o direcionamento da linguagem cabralina para o mundo, em consonância com a ascese a que ela é submetida.

O primeiro desses processos decorre do uso predominante, desde *Pedra do sono*, dos nomes – preferentemente substantivos concretos – designativos de coisas naturais ou fabricadas, de lugares, paisagens, espécies ou categorias de pessoas ou atividades que acabam se tornando, a partir de *Duas águas*, como objetos temáticos, peças fundamentais de um repertório léxico, em geral titulando as composições – "O Vento no canavial", "Vale do Capibaribe", "Cemitérios pernambucanos", "Alto do Trapuá", "O ovo de galinha", "Chuvas", "O relógio", "Paisagem com cupins", "Poema(s) da cabra", "O vento e o canavial", etc., etc. Em geral funcionam, quando objetos temáticos, a exemplo de bala, relógio e faca na proposição de *Uma faca só lâmina*, como termos comparantes que se desdobram, permutando-se, numa cadeia de símiles:

Assim como uma bala
enterrada no corpo,
fazendo mais espesso
um dos lados do morto;
....
qual bala que tivesse

....

um coração ativo,
igual a de um relógio
submerso em algum corpo

....

relógio que tivesse
o gume de uma faca

....

No desenvolvimento seccionado desse poema, os termos comparantes desempenham, por assim dizer, uma ação catalizadora na gestação das imagens; os símiles respectivos funcionam à maneira de esquemas da imaginação material, reguladores das analogias e das diferenças das séries metafóricas cumulativas geradas para descrever o que não é nem faca, nem bala, nem relógio, mas o sentimento de aguda e insaciável inquietação (o comparado oculto desses comparantes) por eles individualizado e que qualquer um desses objetos heterogêneos representa:

Das mais surpreendentes
é a vida de tal faca:
faca ou qualquer metáfora,
pode ser cultivada.

Essencialmente, processo semelhante é utilizado, para citarmos três poemas de *Serial*, em "O ovo de galinha", "Poema(s) da cabra" e "O relógio", providos de esquemas da imaginação que variam, numa linha de oposições, de contrastes lógicos, de formulações hipotéticas. Por qualquer desses modos, essas e outras composições extensivas, freqüentes em *Quaderna* e *Serial*, que se identificam como poemas por grupos de estrofes, em geral a quadra ou que constituem grupos de poemas dentro de uma mesma série temática, adquirem uma textura prismática. Cada face da composição descreve um aspecto do real perceptível, principalmente do mundo exterior, explorando, como em "O automobilista infundioso", além dos *qualia* sensíveis, das gamas de odores, suas essências materiais ou classes de cheiros:

Viajar pela Provença
é ir do timo à alfazema:
ir da lavanda à mostarda
como de uma a outra comarca.

Viajar nos cheiros castos,
ainda vegetais, em mato:
do casto normal de planta,
do sadio, de criança.
....

Esse conhecimento exploratório entifica, em níveis de elevada abstração, qualidades opostas – como o rijo e o fluido, o seco e o viscoso, o árido e o aquoso, o desértico e o vegetal, o duro e o mole. Mas também entifica os próprios objetos concretos – faca, pedra, cabra, relógio. Assim, as imagens cabralinas que os traduzem sempre respeitam a materialidade das coisas e seu horizonte perceptivo.

O segundo processo, que condiz com a oscilação do abstrato ao concreto e do concreto ao abstrato na obra de João Cabral, é a transposição de qualidades das coisas humanas às naturais e, vice-versa, das naturais às humanas, por um desdobramento dos vocábulos-imagens nas enunciações dos versos descritivos. Em "O vento no canavial", o canavial apresenta-se sucessivamente "como um mar sem navios, / papel em branco de escrita", "...um grande lençol / sem dobras e sem bainha", "...bandeira viva / cor de verde sobre verde", "...sua simetria: / como a das ondas na areia / ou as ondas da multidão / lutando na praça cheia". Desse modo, as descrições podem alcançar a generalidade de uma representação alegórica da morte total, completa, num dos dramáticos "Cemitérios pernambucanos", de "Paisagens com figuras" ("Nesta terra ninguém jaz / pois também não jaz um rio / noutro rio, nem o mar / é cemitério de rios / / Nenhum dos mortos daqui / vem vestido de caixão. / Portanto eles não se enterram / são derramados no chão. / ..."), ou da humanidade nordestina no ruminante não contemplativo ("O núcleo da cabra é visível / debaixo do homem do Nordeste. / Da cabra lhe vem o escarpado / e o estofo nervudo / que o enche") de "Poema(s) da cabra".

O terceiro processo direciona a linguagem para aquela parte do real perceptível que pertence ao mundo interior, mas como experiência corporal, afetiva, englobando a vida dos sentimentos; e o faz por meio de uma retórica da esquiva, contornando a introspecção. Assim é que a paixão amorosa e a sedução do corpo feminino se investem no corpo de uma casa, como em "A mulher e a casa" ("Tua sedução é menos / de mulher do que de casa: / pois vem de como é por dentro / ou detrás da fachada. / / Mesmo quando ela possui / tua plácida elegância,

/ esse teu reboco claro, / riso franco de varandas,...") ou num contorno atmosférico, paisagístico, como em "Paisagem pelo telefone" ("Sempre que no telefone / me falavas, eu diria / que falavas / de uma sala / toda de luz invadida, / sala que pelas janelas, / duzentas, se oferecia / a alguma manhã de praia, / mais manhã porque marinha, / ..."), ambos poemas de *Quaderna*. Num e noutro fala-se de interior mediante a linguagem da exterioridade. Como também se fala do tempo como jogo entre o de dentro e o de fora, "sentido com os cinco sentidos", no vazio alpendrado dos canaviais:

....

O tempo então é mais que coisa:
é coisa capaz de linguagem,
e que ao passar vai expressando
as formas que tem de passar-se.

Patativas, papa-capins,
xexéus, concrises, curiós;
é então que se escuta o tempo
que passa e o diz de viva voz.
....

("*O alpendre no canavial*" – Serial)

A recorrente tematização do tempo em João Cabral confirma nesse poeta o privilégio da materialidade em diversos graus de concretude e abstração, ora na forma de "uma coisa em quatro", roda que se desgasta ("O número quatro", *Museu de tudo*), ora aquilo "de dentro", que se exterioriza roendo o corpo que os cosméticos encobrem ("Anúncio para cosmético", *Museu de tudo*).

Mas o poema prismático, tal como antes o apresentamos – precisamos não esquecê-lo –, só é exploratório do real como "trabalho de arte", afiançado por uma ética do despojamento e da paciência, e só é trabalho de arte como construção intelectual, sempre reduplicado pela "poesia da poesia". *Uma faca só lâmina* e "De um avião" (*Quaderna*) refazem nas suas multifacetadas imagens o círculo da palavra poética exigido por essa "poesia da poesia". Ambos os poemas figuram o movimento de ida e volta dos nomes às imagens e das imagens às coisas. Porém, sempre há uma distância impreenchível que a poesia de João Cabral acusa entre o signo, o significado e o referente

– entre a palavra, sua imagem e a coisa inalcançável. Seja ela interior ou exterior, a matéria do mundo torna-se, como alguém já disse, uma *cosa mentale*.

Diga-se também que o referido privilégio da materialidade pode ser compreendido como a relevância espacial ou plástica da imagem, já no sentido de seu enquadramento analógico com o espaço da pintura ou da escultura, artes que João Cabral incorporou à temática de sua reflexão crítica em torno de sua própria poesia, como se vê principalmente de seu ensaio sobre Juan Miró, no qual aplica à grafia pictórica do artista catalão a mesma atitude ascética de limpeza dos automatismos mentais que podem infiltrar-se em sua escrita poética. Como a pintura de Miró, a poesia de Cabral é uma arte que, escrita com a mão esquerda, "reaprende a cada linha, / cada instante a recomeçar-se". ("O sim contra o sim", *Serial*).

No entanto, seja pela entonação prosaica do verso, seja pelo seu encadeamento lógico-sintático, não é dominante o modo espacializante de configuração das imagens, ambos reforçados em *A educação pela pedra* por uma "elocução horizontal" ("O mar e o canavial"). Um autêntico versiprosa é aí indissociável da continuidade sintática da enunciação. Ostensivamente estruturada por conectivos lógicos, a enunciação descritiva passa ao nível da exposição mediante exemplo, argumento e conclusão. Já em "Imagens em Castela" (*Paisagens com figuras*), o condicional hipotético estabelece o circuito de comunicação com o leitor:

Se alguém procura a imagem
da paisagem de Castela
busque na etimologia:
meseta *provém de mesa.*
....

Em *Serial* e *A educação pela pedra*, usam-se freqüentes expressões argumentativas, dubitativas e conclusivas (jura-se, não há dúvida, quem sabe, certo, pois, ora, certo não). Mas paralelamente à sintaxe discursiva, a lógica da composição também atende, por vezes, ao mecanismo combinatório permutativo na organização estrófica, em proveito da diferenciação de sentido (assim, por exemplo, nos poemas pares ou emparelhados de *A educação pela pedra*).

Nessa arte combinatória em que o poeta reorienta por um viés lúdico, com algo de experimental, seu olhar crítico, transluz a transitividade da poesia, em última análise, fundamentada no dizer determinadas coisas de certo modo a outrem, isto é, na linguagem como fala. Não há fenomenologia sem nexo intencional da consciência. O dizer determinadas coisas, de certo modo, a outrem como intencionalidade da fala ou do falante é o que melhor resume o aspecto fenomenológico do olhar crítico da poesia cabralina.

A intencionalidade da fala, já saliente no didatismo de *O cão sem plumas*, antes de altear-se dramaticamente em *Morte e vida severina*, recupera o veio docente, o *ut doceat* da tradição clássica, expresso num humanismo poético que encontra sua tradução emblemática no vocábulo-imagem pedra:

....

Procura a ordem
que vês na pedra:
nada se gasta
mas permanece.
....

(*"Pequena ode mineral"* – O engenheiro)

Atenção ética para o humano, que contraria a suposta indiferença da poesia moderna aos valores, o humanismo cabralino afirmar-se-ia na contundência do humor, capaz de realçar o grotesco das situações, como, dentre muitos exemplos, nos mostram "O urubu mobilizado" e "Duas festas da morte", de *A educação pela pedra* ou, do mesmo livro, "Sobre o sentar-/estar-no-mundo" e, ainda, "Túmulo de Jaime II", "Meios de transporte" e "Anúncio para cosmético", de *Museu de tudo*.

II

A poesia de João Cabral é uma poesia agônica: sempre a mesma e sempre diferente, repete em cada um de seus momentos a experiência de um perpétuo recomeço, na continuidade da mesma linguagem renovada, que evita o vocabulário reconhecidamente poético, que dispensa o apoio das associações habituais, que corta com as expectativas da imaginação sedimentada, com o ouvido musical corrente, exigindo um leitor atento, intelectualmente ativo. Confirma essa continuidade descontínua, não rotineira, não diluidora, a modificação da estrutura dramática de *Morte e vida severina* em o *Auto do frade* (*poema para vozes*). Um mesmo tipo de verso, uma mesma forma narrativo-dramática ligam certamente esses dois poemas. Porém, ao contrário do episodismo de *Morte e vida severina*, em que monólogos, lamentações e diálogos de forte substrato popular se alternam no curso de uma viagem, o *Auto do frade* é o drama estático, polifônico, da execução do padre republicano frei Joaquim do Amor Divino Caneca, no Recife, à época do primeiro Império (1825), em um espaço cênico ocupado por grandes massas corais.

Frei Caneca tem da morte uma visão plástica, transregional e extratemporal ("Será que a morte é de branco / onde coisa não habita, / ou se habita, dá na soma / uma brancura negativa? / ..."). E o seu sonho político é o sonho do poeta João Cabral, recapitulando a explosividade represada dos severinos – a folha de papel em branco na qual a escrita poética solar, já espaço intertextual da obra, funde o ideal de lucidez com a claridade da justiça:

Risco nesse papel praia
em sua brancura crítica,
que exige sempre a justeza
em qualquer caligrafia;
que exige que as coisas nele
sejam de linhas precisas;
e que não faz diferença
entre a justeza e a justiça.
....

O mais notável recomeço que experimenta nessa sua última fase a obra de João Cabral é o surto memorialístico em *Escola das facas*, *Agrestes* e *Crime na Calle Relator* (1987), principalmente – surto que implica suspender a anterior economia da subjetividade, restabelecendo, de maneira discreta, a afirmação do Eu. Descobriria o poeta crítico que seu fazer "poesia com coisas" era um modo desviado, negativo, de dizer-se:

Sempre evitei falar de mim,
falar-me. Quis falar de coisas.
Mas na seleção dessas coisas
não haverá um falar de mim?

Não haverá nesse pudor
de falar-me uma confissão,
uma indireta confissão,
pelo avesso, e sempre impudor?

("Dúvidas apócrifas de Marianne Moore" – Agrestes*)*

A ênfase do dizer-se a si mesmo por intermédio das coisas, e jamais solipsisticamente, é o que varia nesses novos poemas. Compare-se "Lembrança do Porto dos Cavalos" (*Agrestes*) a "Porto dos Cavalos" (*Escola das facas*).

No primeiro, com a exploração das qualidades sensoriais e perceptivas corrente na poesia cabralina, os cheiros destilam a lembrança como o álcool e a bebida do poeta que "cheiram na linha da poesia". No segundo, rememorado pelo mesmo menino, mas por meio do que a obra do poeta se tornou a partir de *O rio* – o rio Capibaribe, feito voz e fala, também reconta obliquamente aquele outro que o contara:

....

seja o que seja, no remanso
que há pelo Porto dos cavalos,
o Capibaribe em silêncio
(pouco ele foi de sobressaltos),

o Capibaribe repete
o que diz e contei no "Rio",
e mais de uma vez repeti
em poemas de alguns outros livros.

Mas diz de viés, não me diz:
sua voz é o perfume que apresenta:

como Combray regressa a Proust
quando o convoca a "madalena".

Já então aflora no poema narrativo, que relata sobre a coisario e sobre o poeta que a reconta falando na primeira pessoa, a "lembrança da lembrança", o tempo perdido e depois proustianamente reencontrado (*le temps retrouvé*).

A “GERAÇÃO DE 45” E JOÃO CABRAL

I

Assim como os períodos históricos só se delimitam retrospectivamente, assim também os movimentos artísticos e literários só passam à história depois que as mudanças a que deram origem, já estabilizadas no âmbito da geração que as promoveu, transferem-se às gerações seguintes como herança cultural.

O movimento modernista foi deflagrado na Semana de Arte Moderna, em 1922. Porém, sua história será pela primeira vez contada no início da década de 1940, quando, em memorável conferência, um de seus próceres, Mário de Andrade, falecido em 1945, fez o balanço retrospectivo das conquistas e das falências de sua própria geração – a "geração de 22", como é chamada a dos participantes daquela semana de rebeldia artística e literária. Os tácitos destinatários desse balanço eram escritores e artistas da geração ascendente, como herdeiros daquelas conquistas, de modo particular os poetas novos, porquanto fora principalmente a poesia o domínio de maior impacto das mudanças ocasionadas pelo estouro modernista. Contavam-se entre os poetas novos, para nos limitarmos aos que publicaram suas obras nessa década, Alphonsus de Guimarães Filho, Bueno de Rivera, João Cabral de Melo Neto, Domingos Carvalho da Silva, Péricles Eugênio da Silva Ramos, Lêdo Ivo, José Paulo Moreira da Fonseca, Marcos Konder Reis, Darcy Damasceno, Afonso Félix de Souza, José Paulo Paes e Geir Campos, dentre os muitos que têm sido arrolados na "Geração de 45".

Não recuaríamos cinqüenta anos se não tivesse sido a produção inicial desses poetas o que provocou o aparecimento da "geração de 45" como figura híbrida de nossa história literária, ao mesmo tempo episódio polêmico de sobrevivência quase mítica, ainda hoje discutido, e conceito discutível em sua extensão e compreensão. Na época a que nos referimos, o conceito de geração tornou-se sinônimo de movimento e até de plataforma estética; seu emprego exorbitou assim o alcance histórico-descritivo que se lhe pode atribuir, como referencial, dentro da cadeia dos "contemporâneos, dos antecessores e dos sucessores", da continuidade e da mudança na transmissão de uma herança cultural. Do processo de transmissão participam os indivíduos, atores geracionais, sujeitos de experiência histórica, que modificam a herança ao retomá-la, que a retomam interpretando-a e a interpretam à luz das circunstâncias comuns do período em que vivem.

Estava-se vivendo em 1940 "uma idade política do homem", lembrava Mário de Andrade em sua citada conferência, na qual, em patético gesto de *mea culpa* condenou o absenteísmo da Geração de 1922, aristocratizante e anarquista. No plano nacional, a reação cívica da nossa intelectualidade contra o Estado Novo, que caiu em 1945, também mobilizara, durante a Segunda Guerra Mundial, a luta democrática contra o fascismo, com o qual o regime de Getúlio Vargas tinha mais de uma afinidade. Desigualmente compartilhada pelas duas gerações, a "idade política" encontraria da parte dos mais novos, beneficiários imediatos dos estudos de ciências humanas sistematizadas nas recentes faculdades de filosofia, o respaldo de um senso crítico mais apurado – ou mais analítico e funcional como disse, então, um jovem crítico – que os habilitou a valorizar o nexo da literatura com a existência social e histórica e que exigia dos poetas uma atuação pública na sociedade por meio de suas próprias obras.

A idéia de *engajamento*, que serviu de sustentáculo teórico dessa atuação pública, testemunha a recepção, nessa época, dos romances, dos escritos filosóficos e dos ensaios literários de Jean-Paul Sartre; junto, chegavam-nos as obras de Albert Camus, além das traduções de Kierkegaard e de Kafka, partes da mesma constelação do pensamento existencial formada na França, concorrentes, entre nós, do marxismo e do neotomismo dos intelectuais católicos. Das vanguardas da primeira metade do século, de onde saíram os poetas lidos pelos nossos modernistas, a exemplo de Apollinaire, Max Jacob, Pierre Reverdy, Picabia, Blaise Cendrars, André Breton, ainda recebíamos os ecos do último e resistente surrealismo. Mas nessa década de 1940, os modernistas, sobretudo Mário de Andrade, Oswald de Andrade, Carlos Drummond de Andrade, Murilo Mendes, Jorge de Lima e, por extensão, Cecília Meireles, já tinham sido lidos pelos seus sucessores da nova geração de que eram contemporâneos e que agora entravam em contato com Paul Valéry e Rilke, descobriam Fernando Pessoa e familiarizavam-se com os hispânicos García Lorca, Jorge Guillén e Pablo Neruda. Essas mesmas fontes também não deixaram de fecundar as obras já amadurecidas e prósperas de um Drummond e de um Murilo Mendes, enquanto os novos abriam as sendas inexploradas da moderna poesia em língua inglesa, principalmente daquela receptiva ao simbolismo francês, como a que seguiu T. S. Eliot, então pela primeira vez traduzido no Brasil. Reabririam igualmente antigos veios estancados de nossa tradição, como o próprio Simbolismo, que o dominante prestígio dos parnasianos havia neutralizado e que retomaram das nascentes em Baudelaire, Rimbaud e Mallarmé. Mas já então num clima de geral refluxo das linhas tradicionais, o próprio Parnasianismo, cavalo de batalha do movimento modernista, voltava à tona do interesse intelectual, conforme atestam, corroborando o cuidado da forma entre os jovens poetas, a republicação do *Tratado de versificação*, de Olavo Bilac e Guimarães Passos, e o aparecimento de biografias do primeiro, consagrada estrela do Parnaso. O certo é porém que todos esses jovens poetas, quando surgiram, estavam "ligados aos grandes poetas da geração anterior, sob o fascínio menor ou maior de sua poderosa influência".

Bueno de Rivera (n. 1914) em *Mundo submerso* (1944) e *Luz do pântano* (1948) como João Cabral de Melo Neto (n. 1920) em *Pedra do sono* (1942) e *O engenheiro* (1945) acompanham a dicção do sóbrio lirismo drummondiano; o último também absorve, em seu primeiro livro, que traz epígrafe extraída do "Salut", de Mallarmé ("Solitude récif étoile"), a impregnação original do surrealismo nas imagens visionárias de Murilo Mendes, e no segundo, o papel do pensamento reflexivo contra a intromissão do inconsciente, haurido em Paul Valéry. A desenvoltura do verso drummondiano ressurge em *As imaginações* (1940/1943), de Lêdo Ivo (n. 1924), e o tom elegíaco de certos poemas de *Sentimento do mundo* ressoa em *Ode e Elegia* (1944/1945) do mesmo poeta que explora em *Acontecimento do soneto* (1948) o filão barroco dessa forma em língua portuguesa.

A maioria desses poetas utiliza com freqüência, mas diversificadamente, as formas tradicionais e os metros regulares. Os ritmos de *Poesias* (1946), de Alphonsus de Guimarães Filho (n. 1918), que reatam com o simbolismo, contrastam com o predomínio do *ritmo de canção* nos penta e hexassílabos de *Rosa extinta* (1945), de Domingos Carvalho da Silva (n. 1915). *Lamentação floral*, de Péricles Eugênio da Silva Ramos (n. 1919), emprega a redondilha e eventualmente o decassílabo. Darcy Damasceno (n. 1922) escreve sonetos com rimas esparsas em *Fábula serena* (1949); sua dicção classicizante, neo-simbolista, une a musicalidade de Cecília Meireles ao refinamento metafórico de Paul Valéry. Em *O túnel* (1949), Afonso Félix de Souza (n. 1925) adota a forma petrarquiana, mas para exercitar-se, em versos brancos polimétricos, numa lírica de tom mediativo. Somente um poeta, José Paulo Paes (n. 1926), retoma o irônico acento prosaico de Carlos Drummond de Andrade em

O aluno (1947), no qual junta à paródia do estilo de Murilo Mendes o expresso reconhecimento de seus débitos poéticos, como no soneto que deu título ao livro:

São meus todos os versos já cantados:
A flor, a rua, as músicas da infância,
O líquido momento e os azulados
Horizontes perdidos na distância

....

São meus também os líricos sapatos
de Rimbaud, e no fundo de meus atos
Canta a doçura triste de Bandeira.
Drummond me empresta sempre o seu bigode,
Com Neruda, meu pobre verso explode
E as borboletas dançam na algibeira.

(O aluno)

Entretanto, o verso livre vinga na dicção marcadamente conceptual, sensibilizada pela retórica existencial da condição humana, de José Paulo Moreira da Fonseca (n. 1922).

É de se presumir que foi apreciando essas e outras obras em conjunto, entre as quais as suas também se incluíam, que João Cabral de Melo Neto, na função de crítico desde cedo exercida, teve razão de dizer, em 1952, que não havia nos poetas de 1945 "uma consciência diversa da dos poetas anteriores". Estariam todos na dependência de uma tradição, "curta embora porém viva e atuante no momento em que penetraram na vida literária...". A existência dessa tradição, um outro nome para o legado da poética modernista que se transmitira como um repertório de formas e procedimentos, contrariava a opinião esposada por muitos dos companheiros de geração de João Cabral de Melo Neto, segundo a qual uma diferença radical os separaria dos modernistas.

A opinião ganhara foros de tese em 1947, depois que o crítico Tristão de Athayde (Alceu de Amoroso Lima), em artigo de imprensa, enunciou, à vista das primícias da produção poética do período, a eclosão de um *neomodernismo* que identificaria os sucessores do modernismo. O *neomodernismo* distinguir-se-ia do modernismo de que era o prolongamento, do mesmo modo pelo qual a "geração de 45" se opunha à "geração de 22". Esta abandonara o verso medido pelo verso livre; aquela retomaria os antigos metros numa volta à tradição. A última tinha sido nacionalista, a primeira restabeleceria o prestígio dos grandes temas universais.

Como nos poetas de 1945, a moral do engajamento político começara a substituir o absenteísmo confesso dos antecessores e, como também pareciam ter efetivado um retorno ao que estes últimos haviam derrubado, concluía o mesmo crítico que o neomodernismo era revolucionário em política e reacionário no estilo. Embora acertasse quanto a um certo pendor para a restauração entre os novos, Tristão de Athayde generalizava além da conta, abstraindo o que podemos chamar de *historialização* do modernismo, ao longo dos anos 1930.

É necessário lembrar que vinte anos após a explosão anticanônica que revolucionara a poesia – liberando o verso da disciplina estrita da métrica e da sintaxe lógica, liberando as palavras do decoro vocabular da expressão, e a expressão do vínculo exclusivo com os assuntos elevados, e, finalmente, liberando a linguagem para a língua vulgar e a entonação da prosa –, a poética modernista constituíra-se, como fonte da nova tradição moderna, num efetivo legado ao cabo do processo de sua difusão e ampliação.

A liberação das palavras, a quebra da ordem hierárquica dos temas, a admissão do coloquial e do popular franquearam o acesso ao "estilo de mistura", à fusão dos gêneros e à descida para o prosaico – descida para o prosaico tanto no sentido da deliberada passagem mimética do elevado para o inferior e o vulgar, quanto no da aliança impura da prosa com a poesia. Incluindo no seu rol o humor e a paródia, tais *matrizes* estéticas da modernidade poética que inovaram a linguagem, combinaram-se, na fase aguerrida de 1922, com a exploração temática da sensibilidade nacional que norteou o projeto ideológico do movimento. A linguagem poética harmonizou-se com o projeto ideológico: inovada, desbloqueou, no tratamento do popular, do folclórico, dos costumes locais, das tradições, do ambiente familiar, da fala, do cotidiano da vida brasileira, realidades reprimidas, recalcadas e disfarçadas do país e de sua "cultura de fachada".

A mencionada correlação harmoniosa do estético com o ideológico cessou nos anos de difusão do modernismo, a década de 1930. Foi quando os componentes de inovação estética, anteriormente favorecidos pela mentalidade anarquista e aristocratizante da chamada "geração de 22", recuaram em proveito do conteúdo político das mensagens; a mentalidade socializante, fruto de uma época de mudanças políticas, que estimulou o despertar do senso crítico, mais tarde apurado, perante a sociedade e a história, inclinou o romance ao realismo documental e a poesia à denúncia, ao testemunho e à exortação de combate. Em compensação, alargou-se a gama temática para além do nacional e do local nas obras de Carlos Drummond de Andrade, de Augusto Frederico Schmidt, de Murilo Mendes e de Vinícius de Moraes, a segunda leva geracional dos poetas modernistas, cujas dicções, diferentes e inconfundíveis, firmadas nessa época, alcançariam, já em 1940, valor canônico na poética moderna por elas enriquecida, na qual o verso de metro regular, e não apenas o verso livre, compatibilizavam-se com as formas tradicionais revigoradas. Paralelamente, produziu-se a rotinização das matrizes poéticas, banalizadas ou descarregadas de sua surpresa estética pela imitação diluidora, que descambou para o "liberalismo artístico" depreciado por Mário de Andrade.

Assim, nem o "interesse pelas coisas universais", nem os metros e as formas tradicionais, incluindo o soneto [cultivado por Jorge de Lima desde 1922 e por Murilo Mendes e Vinícius de Morais antes de Carlos Drummond de Andrade fazê-lo em *Claro enigma* (1951)], foram restaurados pelos poetas de 1945. Por conseguinte, não é sem razão que se lhes outorga a condição de herdeiros: retomaram o repertório já acumulado nas obras individuais dos antecessores, principalmente da leva dos poetas de 1930, beneficiando-se em alguns casos da rotinização ou da diluição das matrizes, e em outros continuando o alargamento da poética de 1922. Desse modo, poderão ser considerados, com justeza, como uma "geração de extensão de conquistas, muito mais do que como uma geração de invenção de caminhos".

Mas dada a diversidade de suas obras, muitas das quais impregnadas das formas tradicionais em refluxo, é difícil estabelecer, como também observou o mesmo João Cabral de Melo Neto, um denominador que lhes seja comum. Não o encontraremos ao nível das predileções temáticas e muito menos na índole formal das várias dicções que integram distintos tipos de expressão lírica.

O tema da libertação política e social do homem associa-se, na tonalidade desiderativa e apostrófica de *A rosa extinta*, de Domingos Carvalho da Silva – lastreada pelas variações do motivo da rosa, como persistente símbolo do poético – ao momento de transfiguração da poesia:

Nasce uma estrela-do-mar
sobre as searas de trigo.
Todos os homens se abraçam
neste momento do poema.

Da rosa nasce meu filho:
seus braços não têm algemas.
Asas brancas da Igualdade,
este é o momento do poema!

(Momento com a Poesia)

Em Bueno de Rivera, o mesmo tema inclui-se numa visão das coisas banais e das situações humanas conflitivas. Nisso bastante próximo dos modernistas, o poeta, no entanto, carrega no tom grave e patético das imagens, dando um realce alegórico às figuras do cotidiano. Alegórico no sentido de abstração exemplar, como a do lixo num poema que emprega paralelos conceptuais e a "enumeração caótica":

O suor da cidade
é levado intacto
pelos buldogues
da limpeza pública.
....
As sobras da fome
impuras se despejam
em caminhões noturnos:
latas coloridas,
massas de tomate,
frascos de pimenta,
condimento azul,
cristas e penas
de pássaro cozido
e peixes afogados
em feijão dormido
....

("Transcendência do lixo")

Fugindo ao banal e ao vulgar, a dicção altissonante de Péricles Eugênio da Silva Ramos, imageticamente profusa, misturando figuras estabilizadas dos léxicos romântico e simbolista a ousadas metáforas à maneira de Lorca, celebra o próprio poeta como demiurgo de um mundo novo:

....
eu semeador,
confiante no futuro,
lavro meu campo ensangüentado de papoulas
com touros cor de mar ou potros como luas.

("Poema do semeador")

O recolhimento subjetivo distingue a poesia de Marcos Konder Reis (*O templo da estrela*, 1948). Também num plano de autognose lírica situam-se os versos meditativos de *O túnel*, de Afonso Félix de Souza, com um toque de inquietação existencial:

Por Deus eu não chamei, pois Deus é Deus
e eu nada e a consciência de meu nada.
Não respondem os homens e a resposta
minha a mim mesmo morre no silêncio
de onde vim e para onde vou.
....

Encontramos, ainda, afastada dessa tumultuosa busca interior, como o oposto do recolhimento subjetivo, a meditação extrospectiva de Geir Campos (n. 1924), figurando estados d'alma mediante comparações e exemplos apologais como em *Rosa dos rumos* (1950):

Sobreviventes da pureza antiga,
as penas brancas, no debrum das asas,
pesam como remorsos a encurvá-las:
vírgulas negras de uma negra história...
....
("Urubu")

O verso descritivo e sentencioso desse poeta virtuose, autor de uma *Coroa de sonetos* (1953), aproxima-se da forma exterior dos parnasianos.

Diferentes entre si, esses quatro últimos tipos de expressão lírica ainda se distanciam da dicção fugidia das *Poesias*, de

Alphonsus de Guimarães Filho, na qual a associação entre imagem e musicalidade esfuma a nitidez dos temas, como em *Rosa da montanha*:

Um luar velho dói sobre o silêncio.
Se eu te pedisse a paz que me darias?
Sim, que me darias, flor noturna,
corola umedecida de saudade.

As imagens noturnas, lunares e florais, fundem-se aí numa sugestão sonora do nostálgico, do silencioso e do inefável.

Embora essas três dimensões não estejam ausentes da poesia de Lêdo Ivo, outro, bem outro, é seu padrão temático-expressivo. O lirismo versátil desse poeta, que se condensa nos sonetos, transborda nas composições longas de lamentação e louvor que destilam, como *Ode ao crepúsculo* (1946), o sumo da cosmicidade romântica no cadinho alquímico das *Iluminações* de Rimbaud. Mobilizando imponente aparato retórico – repetições anafóricas, intensificações, acentos de eloquência –, esse transbordamento deságua na visão exaltada de um mundo encantatório e mágico, no qual o sujeito lírico se identifica ao poeta como cantor dos sinais da eternidade decaída no tempo:

....
Que em mim mesmo se crie o canto, para que eu me cumpra verdadeiramente
como as nossas faces nas faces dos espelhos.
Que o meu silêncio seja mais que o silêncio – a dor de não ter
uma tradição que me ligue ao passado
e às disciplinas imemoriais.

Na forma, no tom e nos temas, a poesia de João Cabral de Melo Neto afasta-se da de Lêdo Ivo numa relação assintótica, no mesmo intervalo de tempo, depois que o primeiro passou da imagética evanescente de *Pedra de sono* – representando então a *pedra*, no título desse livro, o passivo alheiamento do sono, porta aberta ao vago e ao invisível – para o regime das imagens sensíveis de *O engenheiro*, em correspondência com o ideal de lucidez sobre o qual recai a composição do poema – "machine à émouvoir", segundo a epígrafe tomada a Le Corbusier:

A luz, o sol, o ar livre
envolvem o sonho do engenheiro.

O engenheiro sonha coisas claras:
superfícies, tênis, um copo d'água.
O lápis, o esquadro, o papel;
o desenho, o projeto, o número:
o engenheiro pensa o mundo justo,
mundo que nenhum véu encobre.
....

("O engenheiro")

Qual será, então, o denominador ou o espírito comum à poesia da "geração de 45"? Nossa pequena amostra exemplificativa permite-nos excluir o mero formalismo, "o primado do verso sobre a poesia", um dos traços essenciais do neomodernismo segundo Alceu de Amoroso Lima. Mas atestando a "revisão dos ritmos" e as "imagens puras" destacadas por Sérgio Milliet, essa amostra faz realçar o cuidado da palavra em função de um trato ciente do poema como forma de composição. Tal atitude, que em muitos se traduziu no afã de unir o conhecimento teórico da poesia à sua prática como "trabalho de arte", foi o espírito comum aos poetas de 1945. As diferenças dos tipos de expressão lírica mostram-nos a extrema variação desse espírito comum.

Vê-se, por tudo isso, que a "geração de 45" não constituiu nem programa nem movimento sob determinada bandeira estética. Ela terá sido renovadora, mas de acordo com a sua experiência histórica, no sentido do enriquecimento das possibilidades de criação poética pela reabertura das tradições contornadas ou interrompidas pelo modernismo, e, ainda, por efeito do contato atualizador com fontes contemporâneas da poesia estrangeira. Retificado assim em sua compreensão, o mesmo conceito de "geração de 45" guarda, porém, intrínseca equivocidade quanto à sua extensão. Se aplicado na acepção cronológica, a lista dos poetas de 1945 seria vultosa: além dos nomes de Mauro Mota (n. 1912), Mário da Silva Brito (n. 1916), Fernando Ferreira de Loanda (n. 1924), Thiago de Mello (n. 1926), Paulo Mendes Campos (n. 1922), também incluiria todos aqueles que tivessem cerca de vinte anos quando ingressaram na cena literária entre 1940 e 1950, e portanto, também, os concretistas e outros mais.

De qualquer maneira, respeitados os limites histórico-descritivos a que corresponde a "geração de 45", que apareceu, como qualquer outra, entre duas gerações, insurgindo-se num momento contra os mais velhos e em outro tendo sido alvo da reação dos mais novos, como qualquer outra diversificou-se em grupos e comportou divergências individuais.

Ao contrário dos grupos oriundos da Semana de Arte Moderna, identificados às diferentes tendências programáticas que apregoaram, os grupos dessa fase eram mais agrupamentos de difusão da produção de seus poetas formados em torno de periódicos, como a *Revista Brasileira de Poesia*, em São Paulo, *Orfeu*, no Rio de Janeiro, *Joaquim*, em Curitiba, *José* e *Clã*, no Ceará, *Região e Nordeste*, no Recife, *Edifício*, em Minas Gerais, e *Ilha*, no Maranhão. Todavia, nos colaboradores das duas revistas metropolitanas, *Orfeu* (1948-1953) e *Revista Brasileira de Poesia* (1947/1956), a consciência de geração, cultivada como afastamento e até como posição de autonomia relativamente à herança dos antecessores, condensou a reação generalizada e difusa contra a velha guarda que a esses colaboradores assegurava identidade grupal. Em dois momentos, porém, a rebeldia dos herdeiros exacerbou-se em atos de franca rejeição do modernismo.

No Congresso de Poesia de São Paulo (1948), Domingos Carvalho da Silva, que batizou a "geração de 45" com o nome que leva, bradara, encerrando o confronto teatral entre as duas gerações que se produzira nesse conclave, que o modernismo estava superado. Mais tarde, o poeta de *A rosa extinta* cancelaria esse juízo, reação temporânea num período polêmico. Por uma ironia da distância histórica, que sempre retifica a "pequena história", o "novo regime da poesia brasileira", que a "geração de 45" implantaria no lugar da modernista, acabou figurando nos manuais histórico-literários como a segunda etapa desse mesmo movimento. Mas o ato de repúdio subscrito 17 anos depois, em 1965, por Lêdo Ivo, na forma de uma demolição crítica do movimento de 1922 – *Epitáfio do modernismo* – só poderá ser compreendido, reação extemporânea e pessoalíssima que foi, no contexto do período, como ataque indireto desfechado às vanguardas, e ao mesmo tempo como defesa da memória de sua geração, quando, cessado já seu fastígio, ficara imprensada entre os grandes poetas da velha guarda e o concretismo.

Antes das vanguardas programáticas do final da década (concretismo e práxis), o espírito vanguardista dos anos 1950, que soprava na política, insuflara na arte em geral a exigência de dispor do presente em função do futuro; uma e outra, política e arte, particularmente a poesia, deveriam contribuir para a transformação da sociedade brasileira, horizonte utópico a que se endereçavam, por vias diferentes, a ação militante e o desenvolvimento artístico. Num clima ideológico em que ressurgira a causa do nacionalismo, dessa vez como consciência impulsionadora do desenvolvimento econômico, a revolução política e a revolução estética tornavam-se idéias gêmeas. Assim, o trabalho da poesia como arte, conquista da "geração de 45", legitimar-se-ia pela relevância social da palavra poética, sempre alcançada quando ela se produzisse, seguindo a seta direcional de seu desenvolvimento histórico, em consonância com os padrões mais renovadores da linguagem, como aqueles que remontam às matrizes da poesia de 1922.

No processo que abriram contra a "geração de 45", depois daquele que ela movera contra a modernista, os novos lhe cobraram, além de seu reacionarismo estético, em nome das obras dos dois principais poetas do modernismo, Mário de Andrade e Oswald de Andrade, então revalorizados, a promessa de engajamento social e político que não teria sabido cumprir. Ao desviar-se das matrizes de 1922, atrasara o "firme florescimento de uma poética da realidade brasileira". Esse julgamento maciço, que condenava em bloco o grupo de 45, tomando-o como um sujeito histórico sem fissuras, tal como a imagem que dele mesmo se mitificou, abstraía, no aceso da polêmica, as divergências internas que o dividiram numa "luta de família".

João Cabral de Melo Neto, intérprete de sua geração, tanto quando lhe descobriu a inclinação mais pronunciada – o "trabalho de arte" – como quando tentou situá-la e situar-se relativamente ao legado modernista, participou, na dupla condição de crítico e de poeta, dessa "luta de família", travada, principalmente, em torno dos exageros, dos excessos a escoimar, desse legado comum.

No primeiro número da *Revista Brasileira de Poesia*, Péricles Eugênio da Silva Ramos anunciava que o modernismo morrera no que "possuía de tumultuoso e desordenado". Uma "aventura sem disciplina do ponto de vista formal não soube alijar o prosaico e o excrescente". Embora mais destrutivo que construtivo, liquidara "com a pretensão do verso por si só ser poesia". Libertara, portanto, a essência poética, que "se não existe isoladamente pode encontrar-se na elevação do vulgar por meio do sentimento e da expressão". Mas identificando a essência do poético à "elevação do vulgar", demitia-a do âmbito do prosaico. E o prosaico era aquele grande excesso, o excrescente por excelência, que os novos poetas deveriam alijar. Em conseqüência, o caminho a seguir, fora dos exageros do movimento de 1922, apontava, como perceberia a argúcia de Sérgio Buarque de Holanda, para "a restauração exclusivista da linguagem poética, o mergulho no que parecem ser as puras formas do lirismo, capazes de nos imunizar contra os contágios plebeus e profanos." Isso implicaria, acrescentava o mesmo crítico e historiador, invocando palavras da antiga retórica, a defesa da preeminência "do *sermo sublimis*, que mãos heréticas não se pejaram de misturar democraticamente ao *sermo humilis* apropriado, este, ao discurso vulgar e à sátira, não à poesia genuína".

Nos mesmos artigos de 1952 já citados, em que observara não estarem esgotadas as possibilidades da revolução poética de 1922, João Cabral de Melo Neto valorizaria o *sermo humilis*, e, portanto, o prosaico da herança modernista. Tendo já publicado em 1950 *O cão sem plumas*, marco do desenvolvimento de sua obra, no qual tomou o partido do vocábulo prosaico, "pesado de realidades, sujo de realidades inferiores", essa valoração não empenhava apenas sua palavra de crítico; também definia a escolha que já fizera o poeta. Conjuntamente, o poeta e o crítico escolhiam, contra a preferência "idealista" de uma parcela da "geração de 45", a forma do prosaico nos dois sentidos da palavra, de prosa da vida e de prosificação do verso, que levariam a uma poética impura, ora "poesia da poesia", ora poesia feita com matéria humana vulgar.

Mais que o refinamento formal, a dicção elevada e as temáticas acima do vulgar imprimiriam numa boa parte da produção de 1945 a marca da disposição ao sublime, que se salienta nas poesias de José Paulo Moreira da Fonseca e de Lêdo Ivo. Aquele aprofundaria sua temática existencial valorizando o trágico da condição humana em *A tempestade*, poema no qual a voz do profeta Isaías anuncia a queda de Babilônia de encontro ao coro da ominosa cidade moderna:

....
Que cidade existe livre do assédio?
De que vale defendermos o Bósforo, se vencidos enfim seremos?
Toda noite é povoada de incêndios.
Cavaleiros dois a dois,
Homens de guerra sobre noturna planície.
Caiu! Babilônia caiu!
Quem pesou as montanhas e outeiros numa balança?
Que poderemos guardar? Que nos cumpre guardar?

Numa linguagem rica de alusões literárias e bíblicas, esse oratório estampa o dualismo formal desse poeta "oscilando entre duas formas expressivas diversas e até opostas: uma solene e outra despojada" (p. 32).

Sensibilizado pelas vanguardas na década de 1960, quando publicou *Estação central* (1961/1964), Lêdo Ivo quebrou o rito da expressão solene; depois sua poesia espraiou-se por vários modos sintéticos – como o fragmento e o epigrama – sem que, entretanto, abandonasse por completo o ritmo largo e o fôlego cósmico de suas odes dos anos 1940, recorrentes em toda sua volumosa obra poética. No poema título de *Finisterra* (1972), é ainda o mesmo poeta, exaltado cantor do eterno no temporal, que nos diz de seu isolamento no mundo desencantado, cuja magia se esvai:

....

Adeus ó velhas palavras que não significam nada
e por um momento bóiam nas latrinas.
Como os cemitérios de automóveis, os museus guardam a sucata.

A arte de hoje está nos tapumes,
nos cartazes que anunciam liqüidificadores.
Ó diálogo das constelações, ó sintaxe planetária!

O que porém redobrou a distância entre as linguagens desses dois poetas e a de João Cabral de Melo Neto, que desde 1950 enveredara pelo caminho do prosaico e do vulgar, foi, sobretudo, a espécie de "poesia da poesia" que o último já praticava, depois de *O engenheiro*, em *Psicologia da composição* (1947).

II

Exercida como reflexão sobre o processo poético, *enquanto* gênese da criação lírica, "a poesia da poesia", nos mais relevantes poemas de *O engenheiro*, entrosa-se com a intervenção do pensamento na poética de Paul Valéry, mobilizada contra a envolvência do inconsciente e do acaso, que também norteia o ideal de lucidez desse livro. "A lição de poesia", "O poema" e "A Paul Valéry" figuram essa gênese como transmutação dos estados vividos no verso, pelo embate do poeta com as palavras no espaço decisório da folha em branco, "turbado pelo possível e pelo pesar de todos os signos que não serão escolhidos...":

Toda a manhã consumida
como um sol imóvel
diante da folha em branco:
princípio do mundo, lua nova.

Já não podias desenhar
sequer uma linha;
um nome, sequer uma flor
desabrochava no verão da mesa,

nem no meio-dia iluminado,
cada dia comprado,
do papel que pode aceitar,
contudo, qualquer mundo.
....

("A lição de poesia")

....
Como o ser vivo
que é um verso,
esse organismo

com sangue e sopro,
pode brotar
de germes mortos?
....
Como um ser vivo
pode brotar

de um chão mineral?

....

("O poema")

Como sugerem essas indagações, o lirismo, resultado da transmutação dos estados vividos, é residual. A experiência interior converte-se em linguagem poética quando mineralizada, calcinada, no corpo orgânico do verso. O poema nasce sucedendo à morte da emoção:

....

Carvão de lápis, carvão
da idéia fixa, carvão
da emoção extinta, carvão
consumido nos sonhos.

("A lição de poesia")

O corpo orgânico do verso é o vestígio da emoção morta ao ser tolhida pela intervenção do pensamento, pelo cálculo da inteligência, *ratio operandi* na composição do poema. Ao fazer-se depois que a emoção se extinguiu e o sonho se consumiu, o poema é sempre um póstumo do fervor subjetivo. O que na verdade morre nessas espécies intensivas da experiência interior para que o verso possa nascer é a inspiração, a idéia fixa de que elas constituem as forças coadjuvantes. O embate do poeta com as palavras, por onde a composição racional se introduz no processo poético, trava-se, na poesia de João Cabral, em função da contenda maior entre a inspiração e o "trabalho de arte" de que ela é o palco.

Dela trataria o autor em conferência de 1952, *Poesia e composição* – com o subtítulo confrontativo *Inspiração e trabalho de arte* –, focalizando as posições extremas que polarizam, de modo particular em nossa época, a atividade dos poetas entre a família daqueles que elaboram a poesia como objeto de esforçada procura – na qual João Cabral se inclui – e a família oposta daqueles para quem "o poema é, em regra geral, a tradução de uma experiência direta", eco de um estado de espírito que os possui ou compele a escrever.

Como se vê, o poeta, já agora como teórico, não suprime a inspiração. Seja qual for a natureza que se atribua a esse elemento contingente, afetivo, não racional e aleatório, é de encontro à inspiração – aos raptos da emoção e aos afloramentos do êxtase – que o "trabalho de arte" se realiza; e é da morte da inspiração pela disciplina intelectual que nasce a vida própria do poema. Colocando a experiência pessoal entre parênteses, mantendo o Eu a distância, essa disciplina tem o efeito depurador de uma ascese. A atitude valorativa que mobilizou a ascese na poesia cabralina foi "o desgosto contra o vago e o irreal, contra o irracional e o inefável, contra qualquer passividade e qualquer misticismo, e muito de desgosto, também, contra o desgosto pelo homem e sua razão".

Ressalte-se que a atitude valorativa, conformada à inclinação do poeta, capaz de "criar o poema objetivo, *o poema no qual não entra para nada o espetáculo de seu autor*", integraria à execução do "trabalho de arte" a permanente exigência de indagação e de análise que caracteriza o exercício intelectual da crítica.

O ideal de lucidez que desde *O engenheiro* polarizou a ascese permitiu substituir a expressão pela construção, produzido o poema como *machine à émouvoir*, por uma *ratio* análoga à técnica dos objetos fabricados. Valéry chamá-lo-ia também de *machine du langage*. Assim o ideal de lucidez, que se combina com a ascese da emoção e da experiência do autor, é o ideal da crítica. "O poema, conclui João Cabral na citada conferência, é escrito por um olho crítico, por um crítico que elabora as experiências que antes vivera, como poeta." Olho crítico de quem, subjugando a inspiração, ciente da mecânica do transe, observa a matéria morta, residual, da experiência interior de que se aliviou, e cuja final conversão proporciona-lhe uma satisfação negativa:

....
Doce tranqüilidade
do não-fazer; paz,
equilíbrio perfeito
do apetite de menos.
....
Doce tranqüilidade
do pensamento da pedra,
sem fuga, evaporação,
febre, vertigem.
....

("A Paul Valéry")

Nos oito poemas de *Psicologia da composição*, na verdade uma filosofia da composição, o olho crítico poetiza o funcionamento do poema – sua lógica – tematizando a ascese depuradora como ética do processo poético – ética do despojamento e da paciência como espera do final resultado da luta com as palavras:

Saio de meu poema
como quem lava as mãos.

Algumas conchas tornaram-se,
que o sol da atenção
cristalizou; alguma palavra
que desabrochei, como a um pássaro.

....

(I)

....

Neste papel
Logo fenecem
As roxas, mornas
Flores morais;

todas as fluidas
flores da pressa;
todas as úmidas
flores do sonho

(Espera, por isso,
que a jovem manhã
te venha revelar
as flores da véspera)

O funcionamento do poema aproveita a negatividade da ascese. De certa maneira, o poeta compõe quando se decompõe para deixar espaço à "iniciativa das palavras", "abelhas domésticas" com quem ele convive e que destilam na hora certa, porque insistentemente interpeladas, o "mel" de suas imagens:

....

Do dia aberto
(branco guarda-sol)
esses lúcidos fusos retiram

o fio de mel
(do dia que abriu
também como flor)
....

Na poesia não há outra lógica senão a da metáfora, e é metaforicamente que a filosofia da composição desse poeta crítico figura sua recusa de toda metafísica com uma imagem artesanal da forma, em que se resume a ética da paciência insistente:

....
não a forma obtida
em lance santo ou raro,
tiro nas lebres de vidro do invisível;

mas a forma atingida
como a ponta do novelo
que a atenção, lenta, desenrola,
....

Enquanto o poeta atinge a forma, o crítico alcança o plano mais geral da comunicabilidade da expressão lírica. É o que se pode inferir da *Fábula de Anfion*, uma alegoria do surto da inspiração, da súbita eclosão da palavra poética e de sua mágica envolvência – publicada em conjunto com *Psicologia da composição e Antiode* (1946-1947). Em contato com o deserto, a flauta de Anfion, o herói grego, emudece. Mas, por acaso, de novo ela ressoa, e, de novo, ergue-se Tebas, diante da qual o herói se lamenta:

Esta cidade, Tebas,
não a quisera assim,
de tijolos plantada,
....
Desejei longamente
liso muro, e branco,
puro sol em si

como qualquer laranja,
leve laje sonhei
largada no espaço.

Onde a cidade
volante, a nuvem
civil sonhada?
....

Como a cidade, o poema não se ajusta ao seu prévio traçado; a magia fracassa e o músico-poeta se frustra. A alegoria da inspiração é agora a alegoria de um fracasso. Anfion vê-se emparedado na cidade, tal como o poeta no seu poema. O fracasso leva-o a um gesto de renúncia:

– A flauta, eu a joguei
aos peixes surdos-
mudos do mar.

Esse gesto dá um terceiro sentido à alegoria: a renúncia de João Cabral ao instrumento lírico, o sacrifício da expressão pessoal. E dada a convergência do poeta e do crítico não será errôneo afirmar que a *Fábula de Anfion* prefigura a crítica que ele faria em 1954 da lírica moderna, assinalando a disparidade entre seu enriquecimento formal e sua comunicabilidade deficiente ou nula. Desse ponto de vista, o fracasso de Anfion traduz a constante frustração do poema no qual o poeta habita sem transitar na cidade, no espaço social, coletivo, da comunicação.

Não é só a recusa da expressão pessoal que clausura o poeta moderno, separado de seu leitor, e para quem escrever deixou de ser "atividade transitiva de dizer determinadas coisas", o que faz com que a poética cabralina seja, em geral, uma poética da negação. Ela o é também pela sua rejeição de toda espécie de poesia invocatória, mágica, augúrica, sibilina. João Cabral preferirá o Rilke dos *Novos poemas* e se declararia um Anti-Char. Em *Antiode* (*contra a poesia dita profunda*), primeiro rebento de sua veia satírica, visando a tendência ao sublime de sua geração, dissolve a flor, imagem-símbolo da essência espiritual do poético, convertendo-a em dejeto:

A

Poesia, te escrevia:
flor! conhecendo
que és fezes. Fezes
como qualquer,

gerando cogumelos
(raros, frágeis
cogumelos) no úmido
calor de nossa boca
....

Ao mesmo tempo que revela a penúria, a impureza da expressão, a dissolução da imagem da flor numa imagem de dissolução exibe o mecanismo da metáfora, que tolhe o efeito de sedução mágica da linguagem:

D

Poesia, não será este
o sentido em que
ainda te escrevo:
flor! (Te escrevo:

flor! Não uma
flor, nem aquela
flor-virtude – em
disfarçados urinóis).

Flor é a palavra
flor, verso inscrito
no verso, como
manhãs no tempo.
....

Essa "psicanálise" da poesia dita profunda desce a uma profundidade outra, vulgar e impura, inversa à da elevação espiritual idealizante, descendo ao solo metafórico da composição poética. É uma dessublimação ou defloração do ideal de pureza poética em proveito da carga do prosaico integrante da herança modernista. Por esse mesmo viés, João Cabral retomaria a poetização do local, do regional, em *O cão sem plumas*, do popular e do folclórico, também valorizados pelo modernismo. Paralelamente, a imaginação material do poeta adere aos *qualia* mais crus, mais impuros e mais inferiorizados, enquanto sua "poesia da poesia", constituindo toda vertente de sua produção ou incrustada nas mais diversas temáticas, tende a estabilizar-se numa glosa crítica do poema, seja como desdobramento analítico das imagens, seja como um desvelamento não ilusionista de seu arcabouço retórico de construção.

Trazendo expostos os andaimes formais de sua construção, *O cão sem plumas*, que confirma a escolha do prosaico na partilha da linguagem pela "geração de 45", absorve, no plano do vulgar e do impuro, a matéria local e regional – o rio Capibaribe, a região nordestina. Desenvolvendo-se como uma explicitação de seu título impertinente, o poema carreia, à semelhança do Rio, o sujo, o viscoso, o podre e o espesso, atributos de um mundo truncado, com seus habitantes de natureza desfalcada, sujeitos passivos de uma geral corrosão:

§ *Entre a paisagem*
o rio fluía
como uma espada de líquido espesso.
Como um cão
humilde e espesso.

§ *Entre a paisagem*
(fluía)
de homens plantados na lama;
de casas de lama
plantadas em ilhas
coaguladas na lama;
paisagem de anfíbios
de lama em lama.

§ *Como o rio,*
aqueles homens
são como cães sem plumas.
(Um cão sem plumas
é mais
que um cão saqueado;
é mais
que um cão assassinado.
....

(O cão sem plumas)

Esses signos de penúria e de indigência põem-nos diante de uma réplica poética do realismo documental do romance do Nordeste. Mas *O cão sem plumas*, contudente para além de qualquer convenção realista, ultrapassa o documento; outrossim, a regionalização nele efetivada transcende o regionalismo.

Já nos poemas de *Paisagens com figuras* (1954-1955), sobrepõem-se "regiões" no conjunto de uma geografia imaginária e real: as figuras das paisagens entre si distantes do Recife e de Castela, do sertão pernambucano e da Andaluzia, interceptam-se num só espaço analógico transregional. Essa aproximação na distância ou esse distanciamento aproximador entre tão diferentes formas sociais e culturais de vida foi a peculiar dialética dos contrastes e das afinidades vividos por João Cabral durante sua prolongada permanência na Espanha e que lhe proporcionaram um mergulho, por meio do *Poema del Cid*, nas raízes medievais comuns aos romanceros castelhanos e aos romances de cordel do Nordeste e um novo conhecimento da sofrida pertinácia de viver do sertanejo, pela vitalidade de toreadores e bailadoras.

A linha prosaica inaugurada em *O cão sem plumas* bifurcou-se no épico narrativo de *O rio ou relação da viagem que faz o Capibaribe de sua nascente à cidade do Recife* (1953) e no dramático popular de *Morte e vida severina, auto de Natal pernambucano* (1954-1955). São textos comprometidos com a estrutura da linguagem oral – o primeiro, composição corrida em versos de metro oscilante (5-6 sílabas), numa mímese do improviso dos cantadores de feira; o segundo, dividido em cenas episódicas, entre monólogos e diálogos, em versos de 6 a 7 sílabas, ambos na forma de um relato de viagem.

Em *O rio*, o Capibaribe narra seu próprio curso com a fidelidade de um cartógrafo ou de um escrivão profissional traçando a toponímia, os acidentes da paisagem, e registrando os canaviais, a via-férrea, as usinas, os engenhos e a gente encontrada no seu caminho, que desce, com ele, para o Recife:

....
Um velho cais roído
e uma fila de oitizeiros
há na curva mais lenta
do caminho na Jaqueira,
onde (não mais está)
um menino bastante guenzo
de tarde olhava o rio
como a um filme de cinema.
Via-me, rio, passar

com meu variado cortejo
de coisas vivas, mortas,
coisas de lixo e despejo.
....

A prosaica relação dessa viagem, com epígrafe de Berceo ("Quiero que compongamos io e tú una prosa"), e que inclui o próprio autor, referido de maneira impessoal – "um menino bastante guenzo" – é, como "autêntica prosopopéia", a voz do rio humanizado ou do homem fluvializado, de aparência severa, quase lama, sujeito anônimo, sem identidade, cujo *ethos* de corrosão e penúria converte-se, na forma dramática de *Morte e vida severina*, numa ética da esperança.

Nesse auto de Natal pernambucano, no estilo do popular *pastoril ou pastorinha*, a personalização dramática recai sobre aquele sujeito coletivo anônimo. Severina é a condição geral da vida do retirante que a seca escorraça do sertão e que o latifúndio escorraça da terra; *severino* só pode ser substantivo comum, como *severinidade* o gênero abstrato da total carência:

(O Retirante explica ao leitor
quem é e a que vai)
– O meu nome é Severino,
não tenho outro de pia.
Como há muitos Severinos
(que é santo de romaria)
deram então de me chamar
Severino de Maria.
....
Somos muitos Severinos
iguais em tudo na vida:
na mesma cabeça grande
que a custo é que se equilibra,
no mesmo ventre crescido
sobre as mesmas pernas finas
e iguais também porque o sangue
que usamos tem pouca tinta.
E se somos Severinos
iguais em tudo na vida,
morremos de morte igual:
mesma morte severina.
....

A morte, espetáculo banal na descida de Severino ao Recife, até onde o rio antes descera no poema homônimo e onde o retirante esperava encontrar vida, empurra-o ao suicídio numa das favelas (mocambos) da cidade. O anúncio do nascimento de uma criança suspende a decisão de Severino; a tonalidade da linguagem, até então pesada e grave, passa ao registro álacre, leve, do divertimento natalino. Aos enterros e cantos fúnebres (cantorias), sucedem-se as figuras tradicionais do drama sacro popular: a adoração dos magos, as homenagens à criança, as predições das ciganas e um epílogo esperançoso. Paralelamente, a linguagem desce fundo no popular, como numa recusa reprovadora da tradição literária escrita, utilizando repetições, monódia rítmica e aditados elementos da religiosidade folclórica (*excelência*, rezadeiras), além de expressões peculiares da língua falada. Irrompe no epílogo, pela voz do pai do menino – seu José, mestre carpina (São José, o carpinteiro) – a presença afirmativa da vida por meio da morte, rasgo de uma ética da esperança:

É difícil defender
só com palavras a vida
(ainda mais quando ela é
esta que vê, severina).
Mas se responder não pude
à pergunta que fazia,
ela, a vida, a respondeu
com sua presença viva.

E não há melhor resposta
que o espetáculo da vida:
vê-la desfiar o seu fio
(que também se chama vida),
ver a fábrica paciente
que ela mesmo se fabrica,
vê-la surgir como há pouco
em nova flor explodida.
(Mesmo quando é tão pequena
a explosão ocorrida.
Mesmo quando é explosão.
como a de há pouco, franzina.
Mesmo quando é a explosão
de uma vida severina).

A mensagem ética concilia-se com a "mensagem estética" na obra cabralina; como valor, o humano, reiterado na poesia, torna-se humanismo poético. A matéria regional investida numa temática social, por força da própria linguagem, levava João Cabral a realizar, segundo juízo unânime, manifestado ainda na década de 1950, uma forma exemplar de poesia engajada.

Mas a sensível diferença que separa *O rio* e *Morte e vida severina* dos poemas anteriores e de *Paisagens com figuras*, que lhes são contemporâneos, não se deve à matéria regional ou à temática social – também presente nos últimos, nem à construção, substancialmente a mesma daqueles, mas a um grau maior de oralidade na dicção, em proveito de um acesso comunicativo mais rápido. Seriam poemas "para auditório", formando, ao lado dos da primeira espécie de dicção, conformados à escrita e à leitura silenciosa, uma "segunda água" de produção poética. Marcando essa distinção tipológica em sua obra, o poeta os reuniu, com seus livros anteriores, juntando-lhes *O cão sem plumas* e *Paisagens com figuras*, todos representativos da "primeira água" – e esta acrescida de *Uma faca só lâmina* (1955) – em sua coletânea de 1956, intitulada *Duas águas*. Data desse momento o início da ascedência da poética de João Cabral sobre as novas gerações. Os concretistas, particularmente, colocaram-no, pela retomada que fez do modernismo e pela depuração do verso, como um dos mais próximos precursores, depois de Oswald de Andrade, do projeto, por eles acalentado, de uma poesia direta e clara.

*Obras citadas**

I. Dos poetas

BUENO DE RIVERA. *Mundo submerso*. Rio de Janeiro: José Olympio, 1944.

———. *Luz do pântano*. Rio de Janeiro: José Olympio, 1948.

GUIMARAENS FILHO, Alphonsus de. *Antologia poética*. 2. ed. Rio de Janeiro: Editora do Autor, 1963.

* Mantivemos a bibliografia na mesma seqüência apresentada por Benedito Nunes nesse ensaio (Nota do Organizador).

SILVA, Domingos Carvalho da. *Rosa extinta*. 2. ed. São Paulo: Editora Martins, 1980.

IVO, Lêdo. *O sinal semafórico*. Rio de Janeiro: José Olympio/ Instituto Nacional do Livro/MEC, 1974.

————. *Finisterra*. Rio de Janeiro: José Olympio, 1972.

————. *Estação Central*. Rio de Janeiro: Tempo Brasileiro, 1964.

DAMASCENO, Darcy. *Fábula serena*. Rio de Janeiro: Orfeu, 1949.

SOUZA, Afonso Félix de. *O túnel*. Rio de Janeiro: Orfeu, 1948.

PAES, José Paulo. *O aluno*. Curitiba: Edições O Livro, 1947.

CAMPOS, Geir. *Coroa de sonetos*. Rio de Janeiro: Organização Simões, 1953.

MELO NETO, João Cabral de. *Pedra do sono*. Recife: Edição do Autor, 1942.

————. *Os três mal-amados*. Separata da *Revista do Brasil*, 1943.

————. *O engenheiro*. Rio de Janeiro: Amigos da Poesia, 1945.

————. *Psicologia da composição, com a Fábula de Anfion e Antiode*. Barcelona: O livro inconsútil, 1947.

————. *O cão sem plumas*. Barcelona: Edição do Autor, 1950.

————. *Poemas reunidos* (contendo os livros anteriores). Rio de Janeiro: Orfeu, 1954.

————. *O rio ou relação da viagem que faz o Capibaribe de sua nascente à cidade do Recife* (Prêmio José Anchieta). Comissão do IV Centenário da cidade de São Paulo. São Paulo, 1954.

————. *Pregão turístico*. Recife: Aloisio Magalhães, 1955.

————. *Duas águas* (contendo obras publicadas em *Poemas reunidos* e mais as seguintes: *O rio*, etc. São Paulo, 1954; *Morte e vida severina*, 1954-1955, inédito; *Paisagens com figuras*, 1954-1955, inédito; *Uma faca só lâmina*, 1955, inédito em livro. Rio de Janeiro: José Olympio, 1956.

————. *Aniki Bobó*. Recife: Aloisio Magalhães, 1958.

————. *Quaderna* (1956-1959). Lisboa: Guimarães Editores, 1960.

————. *Dois parlamentos* (1958-1960). Madrid: Edição do Autor, 1961.

————. *Terceira feira* (contendo *Quaderna* e *Dois parlamentos*, mais o inédito *Serial*, de 1959-1961). Rio de Janeiro: Editora do Autor, 1961.

————. *Poemas escolhidos*. Lisboa: Portugalia Editora, 1963.

————. *Antologia poética*. Rio de Janeiro: Editora do Autor, 1963.

————. *A educação pela pedra*. Rio de Janeiro: Editora do Autor, 1966.

————. *Funeral de um lavrador*. São Paulo: Editora Musical Arlequim Ltda., 1967.

————. *Poesias completas* (1940-1965). Rio de Janeiro: Sabiá, 1968.

————. *Museu de tudo* (1966-1974). Rio de Janeiro: José Olympio, 1975.

————. *A escola das facas* (1975-1980). Rio de Janeiro: José Olympio, 1980.

————. *Agrestes* (1981-1985). Rio de Janeiro: Nova Fronteira, 1985.

————. *Poesia crítica*. Rio de Janeiro: José Olympio, 1982.

————. *Auto do frade*. Rio de Janeiro: José Olympio, 1984.

————. *Crime na Calle Relator*. Rio de Janeiro: Nova Fronteira, 1987.

————. *Sevilha andando*. Rio de Janeiro: Nova Fronteira, 1989.

————. *Museu de tudo e depois II* (1967-1987). Rio de Janeiro: Nova Fronteira, 1988.

MOREIRA DA FONSECA, José Paulo. *A tempestade e outros poemas*. Rio de Janeiro: Organização Simões, 1956.

SILVA RAMOS, Péricles Eugênio da. *Sol sem tempo* (1953).

KONDER REIS, Marcos. *O templo da estrela*. Rio de Janeiro: Pongetti, 1948.

II. Sobre a geração de 45

BOSI, Alfredo. *História concisa da literatura brasileira*. 2. ed. São Paulo: Cultrix, 1974.

MOISÉS, Massaud. *História da literatura brasileira*. São Paulo: Cultrix, 1989 (vol. Modernismo).

LIMA, Alceu Amoroso. *Quadro sintético da literatura brasileira*. Rio de Janeiro: Agir, 1959.
————. O novo modernismo. *A Época*, São Paulo, jul. 1947.

RAMOS, Péricles Eugênio da Silva. *A literatura no Brasil*. 2. ed. Direção de Afrânio Coutinho. Rio de Janeiro: Editorial Sul Americana, 1970 (vol. V: O modernismo na poesia).
————. *Do barroco ao modernismo*. 2. ed. revista e aumentada. Rio de Janeiro: LTC, 1979.
————. *Poesia moderna*. São Paulo: Edições Melhoramentos, 1967.

CANDIDO, Antonio; CASTELLO, José Aderaldo. *Presença da literatura brasileira*. São Paulo: Difel, 1964 (vol. III: Modernismo).

BANDEIRA, Manoel; AYALA, Walmir. *Antologia dos poetas brasileiros*: fase moderna. Rio de Janeiro: Edições de Ouro, 1967.
————. *Apresentação da poesia brasileira*. Rio de Janeiro: Edições de Ouro, [s/d.].

CAMPOS, Milton de Godoy. *Antologia poética da Geração de 45*. 1ª série. São Paulo: Clube de Poesia, 1966.

MARTINS, Wilson. *História da inteligência brasileira*. Vol. VII. São Paulo: Cultrix/Edusp, 1979.

NEME, Mário. *Plataforma da nova geração*. Porto Alegre: Edição da Livraria do Globo, 1945.

LOANDA, Fernando Ferreira de. *Antologia da moderna poesia brasileira*. Rio de Janeiro: Orfeu, 1967.
————. *Antologia da nova poesia brasileira*. Rio de Janeiro: Livros de Portugal, 1965.

SILVA, Domingos Carvalho da. *Eros e Orfeu*. São Paulo: Conselho Estadual de Cultura, 1966.

MILLIET, Sérgio. *Panorama da moderna poesia brasileira*. Rio de Janeiro: Ministério da Educação e Saúde/Serviço de Documentação, 1952.

IVO, Lêdo. Epitáfio do Modernismo. In: LOANDA, Fernando Ferreira de (Org.). *Antologia da moderna poesia brasileira*. Rio de Janeiro: Orfeu, 1967.

LAFETÁ, João Luiz. *1930*: a crítica e o modernismo. São Paulo: Livraria Duas Cidades, 1974.

ANDRADE, Mario de. *Aspectos da literatura brasileira*. São Paulo: Livraria Martins Editora, [s/d.].

MERQUIOR, José Guilherme. *Razão do poema*. Rio de Janeiro: Civilização Brasileira, 1965.

MARTINS, Wilson. *A crítica literária no Brasil*. Vol. II. Rio de Janeiro: Francisco Alves, 1985.

LINS, Álvaro. *Jornal de Crítica*. 2ª série, 1943; 5ª série, 1947; 6ª série, 1951. Rio de Janeiro: José Olympio.

MELO NETO, João Cabral de. Poesia e composição: a inspiração e o trabalho de arte. *Revista Brasileira de Poesia*, São Paulo, n. 7, abril 1956.

———. A Geração de 45. *Diário Carioca*, Rio de Janeiro, 23 nov. 1952.

CANDIDO, Antonio. A Revolução de 1930 e a cultura. *A educação pela noite e outros ensaios*. São Paulo: Ática, 1987.

MENDONÇA TELES, Gilberto. A indecisão semiológica de Lêdo Ivo. *Retórica do silêncio*. Vol. I. Rio de Janeiro: José Olympio, 1989.

CUNHA, Dulce Sales. *Autores contemporâneos brasileiros*: depoimento de uma época. São Paulo, 1951.

PORTELLA, Eduardo. A música das consoantes. *Dimensões I*. Rio de Janeiro: Agir, 1959.

RISÉRIO, Antônio. Formação do Grupo Noigandres. *Cores vivas*. Salvador: Fundação Casa de Jorge Amado, 1989.

SILVA, Domingos Carvalho da. Geração de 45: depoimento e testemunho. *Revista de Poesia e Crítica*, Brasília, ano XIII, n. 14, set. 1989.

MARTINS, Heitor. Domingos Carvalho da Silva e a estética da Geração de 45. *Revista de Poesia e Crítica*, Brasília, ano IX, n. 11, set. 1985.

IVO, Lêdo. Os que tinham vinte anos, vinte anos depois. *Revista de Poesia e Crítica*, Brasília, ano IX, n. 11, set. 1985.

RAMOS, Péricles Eugênio da Silva. O neomodernismo. *Revista Brasileira de Poesia*, São Paulo, ano I, n. 1, dez. 1947.

PIMENTEL, Cyro. O clube de poesia, A Geração de 45 e outras tendências. *Revista de Poesia e Crítica*, Brasília, ano VIII, n. 10, nov. 1984.

MENDONÇA TELES, Gilberto. Para o estudo da Geração de 45. *Revista de Poesia e Crítica*, Brasília, ano X, n. 12, dez. 1986.

HOLLANDA, Sérgio Buarque de. Literatura e poesia. *Revista de Poesia e Crítica*, Brasília, ano VI, n. 8, set. 1982.

III. Sobre João Cabral de Melo Neto

ÁVILA, Affonso. *O poeta e a consciência crítica*. Petrópolis: Vozes, 1969.

CAMPOS, Haroldo de. O geômetra engajado. *Metalinguagem*. Petrópolis: Vozes, 1967.

CANDIDO, Antonio. Poesia ao Norte. *Folha da Manhã*, São Paulo, 13 jun. 1943.

COSTA LIMA, Luís. *Lira e antilira*: Mario, Drummond, Cabral. Rio de Janeiro: Civilização Brasileira, 1968.

CRESPO, Angel. Realidad y forma en la poesia de Cabral de Melo. *Revista de Cultura Brasileña*, Madrid, n. 8, 1964.

FAUSTINO, Mario. Concretismo e poesia brasileira. *Cinco ensaios sobre poesia de Mario Faustino*. Apresentação de Assis Brasil. Rio de Janeiro: GRD, 1964.

FREIXEIRO, Fábio. *Da razão à emoção*. São Paulo: Companhia Editora Nacional, 1968.

GARCIA, Othon Moacir. A página branca e o deserto. *Revista do Livro*, Rio de Janeiro, n. 7 a 10, 1958.

GULLAR, Ferreira. Situação da poesia brasileira. *Cultura posta em questão*. Rio de Janeiro: Civilização Brasileira, 1965.

HOUAISS, Antônio. *Seis poetas e um problema*. Rio de Janeiro: Ministério da Educação e Cultura, 1960 (Col. Os Cadernos de Cultura).

LEITE, Sebastião Uchoa. *Participação da palavra poética*. Petrópolis: Vozes, 1966.

LOPES, Oscar. *Ler e depois, crítica e interpretação literária*. Porto, Portugal: Inova, 1969.

LUCAS, Fábio. *O caráter social da literatura brasileira*. Rio de Janeiro: Paz e Terra, 1970.

NUNES, Cassiano. O humor na poesia moderna do Brasil. *Breves estudos de literatura brasileira*. São Paulo: Saraiva, 1969.

PIGNATARI, Décio. Situação atual da poesia no Brasil. In: CONGRESSO BRASILEIRO DE CRÍTICA E HISTÓRIA LITERÁRIA, II. *Anais*... São Paulo: Faculdade de Filosofia de Assis, 1963.

PINHEIRO TORRES, Alexandre. *Programa para o concreto*. Lisboa, Portugal: Ulissea, 1966.

RICARDO, Cassiano. *O homem cordial e outros pequenos estudos brasileiros*. Rio de Janeiro: Instituto Nacional do Livro, 1959.

NUNES, Benedito. *João Cabral de Melo Neto*. 2. ed. Petrópolis: Vozes, 1974 (1. ed. 1971).

STEEN, Edla van. *Viver & escrever*. São Paulo: L & PM, 1981.

SENNA, Marta de. *João Cabral*: tempo e memória. Rio de Janeiro: Antares/Instituto Nacional do Livro, 1980.
————. *Literatura comentada*: João Cabral de Melo Neto. Seleção de textos por José Fulaneti de Nadai. Notas, estudos biográfico, histórico e crítico e exercícios por Samira Youssef Campedelli e Benjamin Abdala Jr. São Paulo: Abril, 1982.

PEIXOTO, Marta. *Poesia com coisas*. São Paulo: Perspectiva, 1983 (Coleção Debates).

SAMPAIO, Maria Lúcia Pinheiro. *Processos retóricos na obra de João Cabral de Melo Neto*. São Paulo: Ilhpa-Hucitec, 1978.

BARBOSA, João Alexandre. *A imitação da forma*: uma leitura de João Cabral de Melo Neto. São Paulo: Livraria Duas Cidades, 1975.
————. *A metáfora crítica*. São Paulo: Perspectiva, 1974 (Coleção Debates).

CARONE, Modesto. *A poética do silêncio*. São Paulo: Perspectiva, 1979 (Coleção Debates).

MOISÉS, Carlos Felipe. João Cabral de Melo Neto. *Poesia e Realidade*. São Paulo: Cultrix/Secretaria de Cultura, Ciência e Tecnologia do Estado de São Paulo, 1977.

LOBO, Danilo. *O poema e o quadro*: o picturalismo na obra de João Cabral de Melo Neto. Brasília: Thesaurus, 1981.

SECCHIN, Antônio Carlos. *João Cabral*: a poesia do menos. São Paulo: Livraria Duas Cidades/Pró-Memória-Instituto Nacional do Livro, 1985.

CAMPOS, Augusto de. Da antiode à antilira. *Poesia, antipoesia e antropofagia*. São Paulo: Cortez e Moraes, 1978.

ROZÁRIO, Denira. João Cabral de Melo Neto. *Palavra de poeta*. Rio de Janeiro: José Olympio, 1989.

Este livro foi composto em Adobe Garamond Pro 11/12,6
no formato 140 x 224 mm e impresso no sistema off-set sobre
papel Pollen 75 g/m^2, com capa em papel
Cartão Supremo 250 g/m^2.